極上の一夜から始まるCEOの執着愛からは、逃げきれない

◇プロローグ

「ここかなぁ」

麻生玲奈《あそうれな》は草履《ぞうり》を履いた足を止めると、目の前の建物を見上げた。京都《きょうと》の街の中心部、四条河原町《しじょうかわらまち》に近いところにある昔ながらの京町屋。

「樫屋《かしや》」という屋号だけの看板があるにはあるけれど、小さすぎて見逃すところだった。

ここが勝堂《しょうどう》会長が予約してくれた料亭で間違いないだろう。

シンガポールでスリから守ったことで知り合った会長は、白の混じる髪でありながらもとても溌剌《はつらつ》とした方だ。

その時のお礼をしたいと言われ、行きたい店を聞かれて口から出たのがこの樫屋。

玲奈が勇気を出して町屋の引き戸を開けると、カラカラと戸の滑《すべ》る音がする。

「すみません」

狭い間口の奥に入り、屋号だけ染抜きされた暖簾《のれん》を潜《くぐ》ると凝《こ》った数寄屋造《すきやづくり》の空間が広がっている。

柿色の着物を着た仲居を見るに、どうやらここであっているようだ。

楽しみにしていた料亭にようやくたどり着いて、ホッと胸を撫で下ろした。

「麻生様、よお、おこしやす」

玄関に飾られた秋明菊《しゅうめいぎく》が目に入ってくる。秋を代表する白い花弁が可愛らしく、緊張している玲奈の心をふわりと和《やわ》らげた。

紅葉の季節の京都であれば、きっと似合うと思って選んだ白地の訪問着の裾を少し上げて、上がり框《がまち》の段差でつまずかないように慎重に草履《ぞうり》を脱ぐ。

なんといっても、今日は憧れの「樫屋」での食事会。

柔らかい栗色のショートボブの髪も朝早くから整え、べっ甲の櫛《くし》をさしてある。

黒く大きいくりっとした目にかかる長いまつ毛、雪のように白い肌にぷっくりと膨らんだ唇と、玲奈は一見すると可愛らしい外見をしている。

お淑《しと》やかで、大人しい——というのが大抵の人が抱く玲奈の第一印象だ。

けれど、大学を卒業してから働き始めて三年目。

既にルポライターとして独立している玲奈は仕事中毒気味の女子だった。ライターという仕事柄、自分から進んで取材する必要がある。

見た目に反して、玲奈はなかなか積極的な性格をしていた。特に夏の初め頃に彼氏と別れてからは、休日もこうして取材の下準備をしている。

——やっぱり樫屋にしてよかった。ここって、なかなか入れないのよね。本当は記事にして、たくさんの人に紹介したいけど……

樫屋は一見《いちげん》さんお断りの料亭のため、紹介がなければ入れない。

今日はプライベートなので取材はできないけれど、ルポライターの端くれとしてはこの機会を逃したくなかった。

玲奈は山間の奥まったところで生まれ、閉鎖的な地域で育っている。小さな頃は町の図書館で旅行記を読んで、その場所に行った気分になるのが大好きな女の子だった。

だから自分が経験したことを書いて、それを読んだ多くの人に仮体験してほしい。そんな思いでルポライターを目指してきた。

いつか樫屋のような料亭も記事にしたい。しかし写真を撮ることはマナー違反になるから、できる限り記憶に残すために、玲奈は注意深く料亭を観察した。

「足元、気ぃつけておくれやす」

「はい、ありがとうございます」

料亭の仲居が先だって案内してくれた。廊下に面した庭はもみじが朱と黄に色づいて、秋の風情《ふぜい》を楽しめる。

どこかでカコン、と鹿威《ししおど》しが鳴る音が聞こえてきた。

「麻生様がご到着しはりましたえ」

仲居が障子を開けると、清涼とした青畳の香りがする。

十二畳を超える部屋には木目の美しい大きな座卓があり、床の間には水墨画の掛け軸と、ススキやリンドウを使った生け花が飾られていた。

そして座椅子の一つに若くて姿のいい男性が座っている。

彼は体形に合わせて作られた仕立てのいい三つ揃えのスーツを着て、胡坐《あぐら》をかくでもなく、きちんと正座をして待っていた。その涼《すず》やかな佇《たたず》まいに空気がぴんと張りつめる。

――わっ、凄くカッコいい人！

勝堂会長からは息子さんが一緒だと聞いていたけれど、こんなにも美麗な男性だとは思っていなかった。座っていても背が高く、細身だけれど体格のいいことが一目でわかる。

黒髪をきっちりと後ろに撫でつけ、さっと見ただけでも整った顔からは誠実そうな人柄が伺えた。

胸がときめきそうになるけど、相手はなんといっても勝堂コーポレーションのＣＥＯ《えらいひと》。

失礼のないようにと思いながら身を滑《すべ》らせるようにして部屋に入る。

「お待たせしました」

「いや、こちらも今到着したところです」

緊張で声を震わせて挨拶をすると、どこかで聞き覚えのある低い声が耳に届く。

――ん？　あれ？　……この声、どこかで聞いたことがある？

まさか、と思いつつも仲居に座椅子を引いてもらい、着物の裾をはらいながら座る。そして顔を上げると正面にいる男性の顔をまっすぐ見た。

その瞬間。玲奈の息が止まった。

彼の顔を真正面から見て、呼吸することも忘れてしまうほどの衝撃に襲われる。

低い声と精悍《せいかん》な顔つき、凛々《りり》しい目元に上品そうでいて黒豹のように隙のない彼は、封じ込めていた記憶の中の男《ヒト》にピッタリと当てはまる。

着ている服も髪型も、あの日とは随分違うけれど、彼そのものだ。

「もしかして……！」

「こんにちは、ご無沙汰《ぶさた》しています」

「まさか！」

「よかった、お元気そうですね」

「テツさん？」

玲奈が彼の名前を叫んだ瞬間に、鹿威《ししおど》しがカポーンと音を響かせた。

男性は口元で弧を描くように微笑み、玲奈を見つめる目を猫のように細めている。

一方、玲奈の顔からは血の気が引いてすうっと青くなる。彼は以前ニューヨークで出会ったテツだった。

玲奈が記憶から葬《ほうむ》り去った、黒歴史でもある『ワンナイト』しちゃった男《カレ》がそこにいた。

◇第一章

彼との出会いは四カ月前にさかのぼる。

玲奈は取材のためにニューヨークに来ていた。以前、英語を学ぶ目的で滞在した街だから土地勘もあって取材も捗《はかど》り、いい記事が書けそうだった。

最後に訪れたショップの写真を撮り、ホテルに帰って文字にしようとノートパソコンを開く。

メールチェックをしていると、ある女性誌のデジタル版の記事が気になった。雑誌を開くとそこには思いもしない内容が綴《つづ》られている。

先輩ライターであり、恋人の館内連《たてうちれん》の名入り記事が雑誌に掲載されていた。だが、その記事を書いたのは玲奈だった。

「うそっ、なにこれ？」

何度見直しても自分の文章が使われている。日本全国のパワースポットと呼ばれるエリアを巡って書いた渾身《こんしん》の記事だ。

修行僧しか行かないような滝壺で滝に打たれたことまで詳細に書かれている。でも、館内はその滝に行ったことなんてないはずだ。

「どういうこと？」

見開き六ページも使った記事は、どう考えても玲奈の撮った写真と文章からなっている。

――もしかして、もしかすると盗まれた？

館内は、初めて就職した出版会社の先輩だ。

新人の指導を任された館内によって、右も左もわからなかった玲奈は水を吸収するスポンジのように仕事のコツを掴《つか》んでいった。

新入社員の中では抜群に可愛い玲奈を狙った館内が、彼女を恋人にするのに時間はかからなかった。

玲奈が仕事に慣れてきて、もっと自由に取材がしたいと独立してしばらくたったある日、館内は玲奈に言った。

「玲奈、その取材ノートと記事の下書き、見せてみろよ。俺がチェックしてやる」

玲奈は何も疑わずにデータを館内に送信した。

あの時の記事だ。

咄嗟《とっさ》にスマートフォンを持ち、アプリを立ち上げて館内に電話をかける。いつもならすぐに出るはずが、いつまでたっても返答がない。

連絡が欲しいとメッセージを打つと、即座に既読になる。でも、返信はない。

――えっ、私、もしかして無視されているの？

信じられない思いで画面を見ていると、ぴょこんと可愛らしいスタンプでメッセージが届いた。

『ごめん』

手を合わせて頭を下げるスタンプを見て、玲奈はそれまであった驚きを怒りに変換した。

スマートフォンを持つ手がふるふると震えてしまう。

――あの男《ひと》！　私の記事を盗《と》ったのね！

スタンプを見る限り、館内はわかっていてやったに違いない。

玲奈の電話に出ないのは後ろめたく思っているからだろう。思えば、彼はいつでも都合が悪くなると逃げる男だった。

燃えるような怒りと共に、胸の奥がツキンと痛む。

館内は一見すると粗暴な感じで、いかにもフリーライターらしい野性味のある男性だ。それなのに、困っていた玲奈を助ける優しいところに惹かれていた。

——けど、もう無理だ。

頬を伝う涙が手にしていたスマートフォンの画面の上にポツリと落ちる。まさか、こんな風に裏切られるとは思いもしなかった。

——彼氏に騙《だま》されたなんて……どうしよう。

記事を載せた出版社に問い合わせようかと考えたが、ニューヨークとは時差がある。

それにライターとしてのキャリアは館内の方が圧倒的に上だ。この雑誌の編集部とも付き合いが長いと言っていた。

今から玲奈が「この記事を書いたのは自分だ」と主張しても、出版社の担当が玲奈を信用するとは思えない。

むしろ、言いがかりをつけるライターだと悪印象を持たれ、自分自身の首を絞めることになりかねない。

どうにもできない現状に悔し涙が落ちていく。

——あんな、あんなクズ男を好きだったなんて……

自分がどうしようもなく情けない。書いたものを丸ごと渡してしまった落ち度もある。

これは手痛い手切れ金としよう……そう思いたくてもすぐに忘れられない。

今はもう、悔しさと悲しさで胸が張り裂けそうになって——玲奈は柔らかいベッドに顔を突っ伏した。

ひとしきり泣いた玲奈は、気持ちを切り替えようとブルックリン橋まで足を延ばすことにした。

対岸に見える高層ビル群を眺めながら歩いていると、自分の悩みがちっぽけなものに思えてくる。

水色のワンピースを着て、小さなかばんだけを持って橋の上を歩いていた。

——ショックだけど、早く気持ちを切り替えなくちゃ……

恋人を失ったことより、記事を盗まれたことの方が痛い。

それだけ館内への気持ちは冷めていたのだろう、玲奈は茫然《ぼうぜん》と大都会の景色を眺めていた。

——はぁ。辛い時とか、落ち込んでいる時って、景色が心に染みるのよね……

本当なら、山とか海とか大自然を見たかったけれど、ここはニューヨーク。

人工物の高層ビル群も、これだけ揃っていると圧巻だ。いつか、あのビルの中の一画に自分のデスクを持って働きたい。

そんな無謀とも言える野心があるものの、今の玲奈にはそれこそ夢物語のように思えてしまう。

彼氏に騙《だま》されたちっぽけな自分は、ここからどうやったら立ち直れるのだろうか。

考え事をしながらふらふらふらと歩いていると、突然、後方から男性の声がした。

『あっ、危ない!』

すぐ近くで聞こえた声に、ビクッと身体が強張る。

男性は玲奈の腕を掴むと、サッと端の方に引き寄せた。その玲奈の横を、もの凄い勢いで自転車が走っていく。

男性が腕を引いてくれなかったら、危うくぶつかるところだった。ぞくっと恐ろしさが背筋を駆け抜け、思わず呟いてしまう。

「びっくりしたぁ……」

ボーッと景色を見すぎていた。

ブルックリン橋は歩行者と自転車用の通路があるけど、時折スピードを出した自転車が通り過ぎていくから、歩く時は気をつけるようにとガイドブックに書かれていた。

けれど、そんなことはすっぽりと頭の中から抜け落ちていた。

玲奈はなかなか収まらない動悸《どうき》に動揺しつつも、腕を引いてくれた男性にお礼を言わなくては、と顔を上げた。

見上げるほどに背の高い男性は、ジョギング用のサングラスをかけ青いスポーツウェアを着ている。

いかにも走るための服装をした彼は、切り揃えられた黒髪に整った鼻梁《びりょう》をしていて、アジア人らしき肌はとても滑《なめ》らかだ。

男らしい広い肩幅に長い手足。細身に見えて、半袖から出ている腕にはぴっちりと筋肉がついている。サングラスをとって胸のポケットにひっかけると、形のよい眉に黒曜石のような瞳が射るように玲奈を見つめた。

――えっ、ちょっと凄いイケメンが目の前にいる……

仕事でインタビューをする相手は、その業界の中でも超一流と言われる人が多い。目の前の彼はこれまで出会ってきた極上の男性陣と比べても群を抜いてカッコいい。

イケメン、なんて言葉では収まらない。なかなかお目にかかれないレベルの美丈夫だ。

思わず言葉を失いそうになったけれど、助けてもらったお礼を伝えないと。

玲奈は風で揺れるスカートを押さえながら男性の方に向き直った。すると、玲奈が口を開く前に優しく声をかけられる。

『大丈夫?』

『はい。ありがとうございました。助かりました』

どうやらジョギング中だったらしい彼は、立ち止まったまま息を落ち着かせるように呼吸している。しばらく玲奈を見つめていた彼は、少し迷うような仕草をした後で尋ねてきた。

「君、もしかして日本人?」

「は、はいっ」

突然流暢《りゅうちょう》な日本語で話しかけられ、目を丸くする。てっきり外国人だと思っていた男性は、玲奈と同じ日本人のようだ。彼は心配そうに顔を覗き込みながら再び話しかけた。

「どこかぶつかった? 避けたつもりだったけど」

「いえ、どこも痛くありません、大丈夫です」

「でも、君、涙が」

ハッとして手を眦《まなじり》に当てると、確かに涙が流れている。気がつかないうちにまた泣いていた。

困ったように眉根を寄せて玲奈を見つめる男性はタオルを取り出したけれど、自分の汗を拭いているものを差し出すのに躊躇《ためら》っている。

「ご、ごめん。これしかないけど、汗臭いよね」

「あの、大丈夫です。ハンカチなら持っています」

ゴソゴソとかばんを開けてハンカチを取り出すと、目元を押さえ涙を拭きとる。

簡単に泣いてしまうなんて、こんなにも自分は弱かったのかと思うと再び涙が溢れてきた。

「大丈夫？　やっぱり痛かった？」

「い、いいえ、違うんです」

涙を止めないといけないのに、優しい日本語を聞くと不思議と心が緩んでいく。

「ごめんなさい」と言いつつも顔にハンカチを当てた玲奈を、男性は歩道の端へと誘導した。

泣きやむことのできない玲奈の前に立ち、まるで慈《いつく》しむように静かに見守っている。

——どうしよう、ちょっとしか話してない人の前で、こんなにも泣いてしまうなんて。

それでも彼が目の前に立ってくれたお陰で、玲奈の泣く姿は周囲の視線から遮《さえぎ》られていた。動揺しながらも彼の行動がありがたかった。

溢れてくる悲しい思いのままにひとしきり涙を流し終えると、玲奈は目元をハンカチで押さえながら男性を見上げた。

「ご心配をおかけしました。ちょっと個人的にいろいろあって、涙が出ただけなんです。ぶつかったとか、驚いたとかではありません」

落ち着きを取り戻したところで、玲奈は男性に向かってペコリと頭を下げた。

「落ち着いたなら、よかった。ここは風に乗って自転車が凄い勢いで走ってくることもあるから、気をつけて」

「はい、ありがとうございます」

顔を上げて男性を見ると、まだ何か言いたいような顔をして玲奈を見つめている。顔に何かついているのだろうか、と思うほどだけれど、不思議と嫌な感じがしない。

「あの、何か……」

目の前で泣いてしまった申し訳なさもあり、玲奈は男性の前から動くことができなかった。すると、彼が思わぬことを口にする。

「君、よかったらその、あっと、僕でよかったら話を聞こうか?」

「えっ」

「いや、いきなり泣いてしまうなんて、よっぽど辛いことがあったのかな、と思うんだけど……」

キョトンとした玲奈を見て、男性はあたふたしながら頭をかきつつ説明した。

「ほら、壁だと思ってくれればいいよ。辛いことって、誰かに聞いてもらうとスッキリすることがあるし、僕なら日本語で会話できるし」

そこまで言われると、ちょっと話してみようかなと思わなくもない。

男性はとても誠実そうに見えるし、なんの関係もない人だからこそ、悔しいことでも話せるような気がした。

――優しそうな人だし、一緒に話すくらいならいいかなぁ……

きっと東京で同じことを言われたら、そういう気持ちにはならなかっただろう。

でも、ここはニューヨーク。日本人で、週末にブルックリン橋でジョギングをする余裕のある成人男性とはどんな人なのか、ライターとしても関心が出てくる。

旅先の気軽さが、玲奈の気持ちを大きくさせていた。

「その……いいんですか？」

「せっかくだから、ブルックリン橋を渡り切った先にピザショップがある。そこまで歩こうか」

それでもフルネームを名乗る気にはなれなくて、「レナと呼んでください」と言うと、「じゃ、僕のことはテツでいいよ」と気軽な感じで話し始めた。

心地よい風を受けながら、玲奈は自分がライターであることと、記事を盗まれたことを簡単に説明する。

「へぇ、その男はずいぶんと酷いことをしたね」

「そうなんです。私の努力と時間を奪われたことが、凄く悔しくて」

「君さえよければ、腕利きの弁護士を紹介するよ？」

「いいえ、こういう業界って狭いから、下手に騒ぐと私の方がダメージ受けちゃう可能性があって。一番いいのは、仕事できちんと見返していくことなんです」

「そっか、レナさんは偉いね」

ただ並んで歩くのも心地よかった。これが面と向かっての会話だったら、適当なところで切り上げていただろう。

ゆっくりと歩く玲奈の歩幅に合わせてくれる気遣いも嬉しい。

――不思議な感じ。初めて会ったのに、こんなにも気安く話してしまうなんて……

か弱く見られるのが嫌で、女の涙を使うのは卑怯だからと人前では泣かないようにしている。

それなのに彼の雰囲気がそうさせるのか、テツの前では気負うことなく泣いてしまい、自然体でいられた。

――こんなこと、初めてかも。

気がついたら、騙《だま》した相手が信頼していた彼氏であることも喋っていた。新卒時から世話になっていたけれど、恋人だった期間もどこか利用されている感じがしたことも。

「なんであんな男に惹かれちゃったのかなぁ」

「それはレナさんが仕事に真面目に向き合っていたからだよ。師匠みたいな存在なら恋をしていると錯覚しても、おかしくないよね」

「……そう、ですね」

ほんの少し前に出会ったばかりなのに、まるで玲奈の全てを受け入れてくれるようだ。トクリと胸が高鳴るけれど、旅先で会った人に惹かれても先はない。

頭を左右に小さく振り、玲奈は話題を仕事の話に切り替えた。

これまで取材に行った国の話で盛り上がると、テツは玲奈にどうしてライターという職業を選んだのかと聞いてきた。

「小さな頃は、町にある図書館にこもって旅行雑誌とか、旅行記を読んでいたんです。それで、いつか自分も旅をして書いてみたいなって」

「へぇ、小さな頃からライターになりたかったんだね」

「小学校の卒業文集に、もう『将来はルポライターになって世界中を巡りたい』と書いていたくらいです。凄い田舎《いなか》だったから、外の世界にあこがれていたのかな」

「偉いね、こうして夢を叶えて頑張っているのだから」

夢を叶えたと言われるとそうだけど、あまり実感はない。

がむしゃらに勉強して、仕事をして、気がついたらニューヨークにいる。

けれど、クズ男にひっかかり騙《だま》されたばかりだから、褒められるとなんだか余計に惨《みじ》めな気持ちになってしまう。

思わず俯《うつむ》いたところで、「レナさん、大丈夫?」と低い声が降ってきた。

「は、はい。大丈夫です」

顎を上げて彼を見上げると、太陽の光が顔にかかり一瞬眩しくなる。

陰になっていても美しい眼差しが、玲奈の見えない心の壁を撃ち抜いていた。

二人でのんびりと歩き続けてしばらくすると、橋のたもとにあるピザショップにたどり着く。

店の前には長い行列ができていた。待とうかどうしようかと一瞬迷うけれど、できればもう少し彼と一緒にいたい。

玲奈がチラッと上目遣いになってテツを見上げると、切れ長の綺麗な目と視線が重なる。彼は形のよい口元で弧を描いて微笑んでいた。

「ちょっと待つみたいだけど、大丈夫？」

「テツさんの方こそ、ジョギングの途中だったのに、いいんですか？」

「今日はオフだし、レナさんの話ももう少し聞きたい。まだ、喋り足りないのでは？」

玲奈を気負わせないためか、テツは目元を柔らかくして笑った。

――あ、素敵。

彼の優しくて誠実な態度が玲奈の心の壁を溶かしてくれる。容姿だけではない、内面から溢れ出る人のよさが心地いい。

さっきとは比べ物にならないほど、心臓の鼓動がうるさいくらいに鳴っている。

テツと一緒に行列に並んで待つ時間は、少しも苦にならなかった。

彼の低音で心地よく響く声を、このままずっと聞いていたい。そんな風に思ったところで、ようやく店内に入ることができた。

白い壁にはモダンな絵がかけられ、木目調の二人掛けのテーブルが置かれている。その上には焼き立てのピザを置くためのスタンドもあり、本格的な店だった。

店内は観光客らしき人たちで賑わっている。

「ここって石炭窯で焼くピザなんですね。楽しみ！」

「ハーフ・ハーフもあるみたいだよ。二人でミディアムサイズを頼んで、分けて食べようか」

まるで以前からの知り合いのような気安さで、ホールピザをオーダーする。

ディナーには少し早い時間だけれど、歩いていたからちょうどよくお腹もすいていた。ジンジャーエールを頼むと、二人の前にジョッキグラスになみなみと注がれたものが届けられる。

炭酸も強く、生姜《しょうが》の匂いがしっかりあった。

「わぁ、本格的なジンジャーエール。……飲み切れるかな」

「はは、無理しないで」

他愛ないお喋りをしつつも、玲奈はメモを取り出した。

取材ではないけれどメニューや店内の様子など、何かあった時に思い出して書けるようにする。

思わず夢中になって書き始めたところで、あっと思い顔を上げた。

「ごめんなさい、私、職業柄なんでもメモしておきたくて」

「レナさんは本当にライターなんだね」

特に機嫌を悪くすることもなく、感心したふうにテツは玲奈を眺めている。

館内は同じライターでありながらも、デート中にメモを取るとプライベート感がなくなるからやめてほしいと言っていた。

テツの年齢を聞いていないけれど、館内と同じくらいに見える。それなのにテツの方がはるかに包容力があり、大人の男の余裕を感じる。

今も長い足を組んでイスに腰かける姿は悠然《ゆうぜん》としていて、モデルのようにカッコいい。

店内にいる女性たちの視線をなんとなく感じるのは、テツの整った容姿のためだろう。玲奈はメモとペンをかばんの中にしまい込んだ。

「そういえば、テツさんはニューヨークに住んでいるの？」

「いや、今回は出張だよ。ちょっと長かったけどね」

「ジョギングしていたから、ここに住んでいる人なのかなって思っていました」

テツは組んでいた足をほどいてイスに座り直すと、自分のことを語り始めた。

「僕は今、仕事を引き継ぐ途中でね。ここへは顔つなぎで来たけど、問題が起きて急に対処する必要があって……って、まぁそんなわけで長期出張中」

「引き継ぎって、上司の方が辞めるとか？」

「そんなところかな。だから把握しないといけないことが多くて、少し参っていたところ」

「……嫌な仕事なの？」

「そうではないけど、責任のある仕事だから……ちょっと重圧を感じている。でも君の仕事への情熱を聞いていると、僕も負けられないなって思えてきたよ」

なんの仕事かはわからないけれど、玲奈が想像している以上にテツはエリートなのかもしれない。聞いてみたいけど、そうすると一気に仕事モードに入り、今の甘い雰囲気はなくなるだろう。玲奈は珍しく質問することをやめてしまった。

ウェイターが焼き立てのピザを運んでくる。

トマトとホワイトソースの二つの味が一枚のピザになっていた。白い陶器の皿にのり、テーブルの上はたちまちチーズの匂いに包まれる。

「わぁ、美味しそう！　これ、ハーフ・ハーフだから半分ずつ取り分けて大丈夫ですか？」

「それはいいけど、レナさんはこんなに食べられる？」

「ええ、泣いたらなんかお腹すいてきちゃったみたい」

「はは、だったら僕の分も食べてもいいよ」

「それは流石に遠慮しておきます」

ふふっと笑いながら互いの皿に取り分けると、玲奈はピースを持ち上げてぱくりと口に入れる。

生地は薄めなのに、もちもちとして弾力があった。

トマトソースも酸味と甘みが絡まって、味わい深い。

「うん、美味しい！　テツさんもほら、熱いうちに食べるといいですよ」

上機嫌になった玲奈は、遠慮しないで口を開けてピザを食べる。

すると、その様子を見ていたテツが声を殺すようにして笑い始めた。

「あの、何かおかしいことがありましたか？」

「いや、レナさんは素直な人だなって」

「そうですか？　美味しいものを美味しいって言っただけですが」

「うん、それがいいんだよ」

テツは猫のように目を細めて玲奈を見つめていた。そして玲奈の食べっぷりに触発されたのか、彼も思いっきり口を開けてピザを頬張る。

ミディアムサイズのピザは、あっという間に姿を消してしまった。

「あぁ、もうお腹いっぱいです」

「それはよかった。案内した甲斐《かい》があったよ」

チップ分を上乗せしても五十ドルくらいだから、物価の高いニューヨークでは良心的な値段になる。玲奈も半分出そうとしたけれど、テツは「ここは僕が誘ったから」と言って気がついたら支払いを終えていた。

「次に会う時に、レナさんが何か奢《おご》ってくれればいいよ」

――次、って。また会いたいって、思ってくれた……

通りすがりに出会っただけなのに、同じ日本人だからと話をして、一緒にピザを食べる。

海外旅行先では時折あるけれど、次に会おうと約束しても本当に会うことは意外と少ない。

でも、テツとなら本当に会ってみたい。そう思ったところで彼はズボンのポケットから一枚のカードを取り出した。

「ああ、カードがあった。レナさん、よかったらこの後、ここに飲みにいきませんか？」

そのショップカードには、お洒落《しゃれ》そうなバーの案内がのっている。テツの泊っているホテルに近く、よく足を運んでいるという。

「ソーホー地区ですね、このお店ならわかると思います」

「そう、だったら今夜、どうかな」

「そうですね、一度ホテルに帰ってから向かいます」

「あぁ、僕も汗をかいているし、シャワーを浴びてから行くよ」

玲奈が返事をすると、テツは爽《さわ》やかな笑顔を見せた。そしてすぐに「また後で」と言って、再びブルックリン橋の方に走り去っていく。

地下鉄に乗る玲奈は、彼の後ろ姿をいつまでも眺めていた。


ホテルに戻ると、テツの前で泣いたこともあり落ち着きを取り戻していた。

時計を見れば約束の時間まではまだしばらくある。

玲奈は決着をつけようと短く息を吐くと、スマートフォンを持って館内に電話をかけた。

何度目かのコールでようやく電話に出た館内は、悪びれている様子は全くなかった。

「連、あれは殆《ほとん》ど私の書いた記事だよね。どうして盗むようなことをしたの？」

「どうしてって、お前の名前だと雑誌に取り上げてもらえないからだよ。中身はよかったからさ、俺の伝手《つて》で載せてもらった。大丈夫だ、担当にはお前が下書きしたことは伝えてあるから、次は玲奈の名前の記事になるさ」

館内の言うことなど当てにならない。記事の評判がよかったなら、本当のことを編集者に知らせてほしい。

そうして彼を問い詰めると――

「お前が一人前のライターとしてやっていけるわけないだろ？　下手くそなお前は俺の下にいればいいんだよ」

あまりにも一方的な物言いをする館内の声を聞いて、玲奈は思わず叫んでしまう。

「そんなことないわ！　私だって一人前のライターになれるわよ！」

「はっ、お前みたいな甘ちゃんが通用する世界じゃない。バカなこと言うな」

「そんなっ」

これまで励ましてくれていた館内の変わりように、玲奈は心を刃物で引き裂かれたように酷く傷ついた。

もう館内の顔を見るのも嫌だと思い、電話を切った後で怒りのままにメッセージを送りつける。

『今日で連の本性がよくわかりました。——さようなら』

あんなバカでクズな男に捕まっている暇はない。仕事で一人前になって館内を見返そうと、玲奈は拳をギュッと握りしめた。


ニューヨークのソーホー地区にあるバーに入った玲奈は、カウンターに立つとメニューボードを見てオーダーした。

「モヒートを一つ」

すぐに渡されたロンググラスのカクテルには、半月切りされたライムが入っている。

さっぱりしたライムとミントの入ったラムベースのお酒を、玲奈はぐいっと喉に流し込んだ。

「んーっ、やっぱりモヒートは最高！」

学生の頃は背伸びをしてバーに行っていた。そんな玲奈も二十五歳になってそれなりの社会人経験を積むと、こうして臆《おく》せず一人でも来ることができる。

モヒートの爽《さわ》やかな喉越しに気分のよくなった玲奈は、二杯目をオーダーしたところで入口の方を見る。

けれど、まだテツらしき男性を見かけない。どうしたのだろう、と思ったところで背の高い男性が隣に立った。

『マスター、冷えたビールを頂戴《ちょうだい》』

ブリティッシュ・イングリッシュを話す低い声は、待ちわびていた彼のものだ。嬉しくなった玲奈は頬を染めて顔を彼の方に向けた。

「テツさん！」

昼間と違い、彼はジーンズにパリッとした黒のシャツに着替えていた。シャワーを浴びたままなのか、髪の毛は乾かしてあるだけだ。

「レナさん、ごめん。待たせちゃったかな」

テツは受け取ったジョッキを持って近寄ってくる。すると、ふわりと爽《さわ》やかなベルガモットの香りがした。

「いえ、私も今来たところです」

「帰りの地下鉄は大丈夫だった？」

目が合った瞬間に彼は、いかにも会うことができて嬉しいとばかりに破顔する。

テツは無造作におろしている髪をかき上げると、玲奈の瞳を覗き込んできた。

「あれから、泣いてないよね」

柔らかい声は、まるで玲奈の背中を撫でるようだ。思わず胸がトクリと高鳴る。

よかったらこっちで話そうか、とグラスを持ってテーブルの方へ行く。

薄暗い店の中で会う彼は、明るい陽射しの下で走っていた時と違い、野性味のある大人の色気を放っていた。

――まるで、黒豹みたい。

「モヒートが好きなの？」

「はい、爽《さわ》やかで夏って感じがするの」

玲奈も白いノースリーブのトップスに、紫の大柄の花が描かれた黒いフレアスカートに着替えていた。高めのヒールの靴に大振りのネックレスをつけた姿は、さっきまでの清楚《せいそ》なワンピース姿とは違って大人びている。

胸元が大胆に開き、ボリュームのある谷間がチラリと見える服を選んでいた。テツを誘惑しようと思ったわけではないけれど、ちょっとは女らしさを感じてほしかった。

「レナさんはいつまでニューヨークにいるの？」

「もう殆《ほとん》ど仕事は終わったから、後は用事を済ませるだけです」

「そうなんだ、僕もあと少しだけど終わらなくてね、早く日本に帰国したいよ」

二人の話は盛り上がり、空《から》になったグラスの代わりに喉越しのいいカクテルをオーダーすると、テツも二杯目のビールを頼む。

酔いもちょうどよく回ってきたところで、テツがため息をつきながら話し始めた。

「相手がタフでね、骨が折れるよ。こう見えても交渉には自信があったんだけどな。……真面目すぎるのかな」

「そうなの？　そんな風には見えないですよ？」

「硬すぎて、時々自分の性格をどうにかしたいなって思うけどね」

「だったら、大胆なことをしてみるとか？　普段自分がしないことをしてみると、硬さも取れるかも？」

テツは一瞬言葉を失くし、次第に熱っぽい目で玲奈を見つめた。

視線を感じた途端に身体の奥の方がキュンと疼《うず》く。玲奈はグラスに残っていたカクテルをぐっと飲み干した。

「レナさん。君って本当に……第一印象と性格が違うって言われない？」

「そうなんです！　大抵の人は私がお淑《しと》やかな大和《やまと》なでしこに見えるみたい」

「はは、僕も最初はそう思ったよ。でも」

「でも？」

「ピザを大口を開けて食べる姿を見て、それは幻《まぼろし》だったなって」

「なっ、そんな姿思い出さないでください！」

テツはくつくつと機嫌よく笑うと、レナに蕩《とろ》けるような目を向けた。

「泣いている姿は可憐で、食べている時は素直で、……今は大胆で凄く魅力的だ。一日でこれほど翻弄《ほんろう》されるなんて思わなかった」

「そんなことといっても……な、何も出ないですよ」

手元にある空《から》のグラスを見つめていると、顔に熱が集まってくる。テツの言葉にくらりとしながらも、旅先の夏の夜が玲奈の気持ちを大きくしていた。

バーの店内に南米のリズムの陽気な曲が流れ始め、フロアには踊り出す人が出てくる。

サルサダンスの時間になっていた。

「テツさん、ダンスタイムが始まったけど、サルサは知っていますか？」

「サルサ？　踊ったことはないけど」

「そう？　だったら教えるから、踊りましょう！　意外と簡単ですよ」

サルサダンスは、簡単なステップで相手と向き合って前後に踊れば、それなりに形になる。周囲を見ても、皆陽気に踊っているだけでステップは二の次だ。

玲奈はテツの手をとると、ホールの方へ引っ張っていった。彼は戸惑いながらも、好奇心に満ちた目をして玲奈の後をついてくる。

触れている手から、テツの熱が伝わってくる。踊る人たちの中に入ると、玲奈はくるりと向きを変えて彼と向き合った。

「まずはサルサから！　大胆になってみようよ」

「そうだね、何事もチャレンジだ」

音楽に合わせるように、前に後ろに下がるステップを教えると、勘のいいテツはすぐに習得した。

テンポを掴むと、周囲と同様に腰をしなやかに動かし始める。

ステップを確認した二人は見つめ合いながら、身体を使って踊った。

玲奈のフレアスカートの裾が踊りに合わせて揺れると、足につけていた柑橘系《かんきつけい》の香水もふわりと香る。

「初めてにしては、上手ですよ！」

「ははっ、面白いね。癖になりそうだ」

「うん、これで少しは柔らかくなると思いますよ」

「君の方は、大胆すぎると言われない？」

「そうですか？　サルサは南米に行った時に、教わっただけですよ？」

曲に合わせくるりと回ると、ふらりと足元が揺れた。

どうやら酔い過ぎたのかもしれないと足を止め、テツに目配せをしてカウンターに戻っていく。

すると、ペアがいなくなったテツに目をつけた女性たちが一緒に踊ろうと誘っている。

サルサダンスでは誘い合うのがお馴染《なじ》みだが、テツは彼女たちの手をとることなく玲奈のところに戻ってきた。

「あら、踊ってきたらいいのに」

「ははっ、つれないな。君とだから踊りたかったのに」

テツのストレートな言葉を聞いて、トクリと胸がときめく。

橋の上で助けてもらった時は真面目な人だと思ったのに、浮いた言葉を聞くと女の人に慣れているようだ。

クズ男だった元カレに騙《だま》されたばかりだから、余計に軽い男性には近づきたくないし、恋愛なんてしたいとも思えない。

テツはスマートで魅力的だが、やっぱり旅先で出会った男性に過ぎない。

玲奈は喉の渇きを覚えて辺りを見回すと、気がついたテツが水をもらってくるよ、とその場を離れていった。

――テツさんは素敵だけど……これ以上近づかない方がいいのかな。

玲奈が一人になった途端、今度は彼女を誘おうと男性が近寄ってくる。

そんな気分じゃないから、と手を振ってもしつこく迫ってきた。

『今日はツレがいるから、相手はいらないの』

『そんなこと言わないで、俺たちとあっちで飲もうよ』

『必要ないわ』

断っているのに、執拗《しつよう》に誘ってくる。すると男の手が伸びてきて、玲奈の手首を掴んだ。

『嫌っ！』

触れられたところからゾワリと嫌な感触が流れてくる。どうしようもなく気持ち悪い。

男は玲奈の拒絶に少し怯《ひる》み、手を離してチッと舌打ちをした。

体格のいい男に睨まれ、どうしよう、と思った玲奈が振り返ると、テツが顔色を変えて戻ってくる。

テツはすぐに玲奈の隣に立つと、腰に手を回して身体を添わせながら、鋭い視線で男を睨みつつ低い声を出した。

『俺の女に手を出すな』

テツの姿を見た男性は、肩を竦《すく》めると諦めたのかすぐにその場を離れていった。玲奈が何度断ってもダメだったのに、テツの放った鋭い一言で去っていく。

「あぁ、ありがとう」

ホッと安堵の息を吐くと、テツも「間に合ってよかった」と眉尻を下げた。けれど手はそのまま玲奈の身体に巻きついている。

「まぁ、君が魅力的だっていうのもあるけど、日本人のノーはわかりにくいからね」

「普段なら、もっと上手に断るんだけど」

「君は案外、自分のことをわかっていない。僕があれだけ言ったからすぐに引いたんだよ」

「私のこと、テツさんの彼女って言ったこと？」

「ん？　まぁね。……でも、本当にしたいんだけど。どうかな？」

バーの薄暗い照明に照らされたテツの目が、まるで獲物を見つけた野生の動物のように光っている。腰に回している手にぐっと力を入れたテツは、至近距離で玲奈に甘えるように囁《ささや》いた。

「レナさん、今日一日一緒にいて、君のことをもっと知りたくなった。よかったら、これからも会ってくれないかな」

一瞬、ゾクリとした何かが背中を走る。

けれど、それには気がつかない振りをして、玲奈は自分に絡むテツの手をそっと押しのけると、少し距離をとって彼の目を覗き込む。

「テツさんって意外と大胆ですね。この調子で仕事をすれば、うまくいきますよ」

彼に惹かれる気持ちはあるけれど、今は館内と別れたばかりだ。

とてもすぐに次の男性、と気持ちを切り替えられるほど器用ではない。

今夜、気分よくお酒を飲めれば、それでいいかと思っていたけれど――

玲奈はバッグに入れていたスマートフォンが揺れていることに気がついた。今の時間であれば、日本は平日の午前中になる。

なんだろう、もしかしたら仕事の連絡かもしれないとそっとメールを確認した。

――ええっ、どうしてっ？

画面を見た玲奈は一気に凍り付いてしまう。桃色に染まっていた頬は血の気を失い、青白くなっていた。

「レナさん？　……どうした？」

テツが声をかけてきたけれど、玲奈はすぐに返事ができない。

それは内諾していた雑誌の特集記事のライター変更の知らせだった。麻生玲奈から、館内連への変更だ。

また胸がツキンと痛くなり、目が潤《うる》んでしまう。

――いけない、また泣いちゃう。

誤魔化すように眦《まなじり》に指をあて、ちょっとだけ俯《うつむ》く。それでも涙が出てきてしまう。このままではまた、テツの前で酷い顔を晒《さら》しそうだ。

「ごめんなさい、ちょっと……」

どこか泣けるところに行こうと顔を上げると、彼は眉根を寄せた心配そうな顔をして玲奈を見つめていた。

「ごめん、僕が……余計なことを言ってしまったかな」

「いえ、そうじゃなくて、メールを見たら涙が勝手に出ちゃっただけで……」

涙腺が緩くなっている、普段はこんなに泣き虫ではないのに。

するとテツは腕を伸ばして玲奈を引き寄せ、気がつくと彼の胸に頭をつけるようにして抱きしめられていた。

――えっ。

目の前がテツの広い胸でいっぱいになっている。

背中に回された腕は遠慮がちに添えられていて、抜け出そうとすればすぐにできる。突き飛ばすこともできる自由を玲奈に与えながら、それでもテツはゆるりと彼女を囲んでいた。

「泣きたい時は、泣いた方がいい。僕は……壁になるからさ」

壁にしては温かくて、胸がいっぱいになる。

すぐに悲しい気持ちが込み上げてきて、玲奈は鼻をすすりながら再び泣いてしまった。

「……っ、うっ、……ご、ごめんなさい」

「壁だから、気にしないよ」

テツの低い声が、玲奈の心を優しく震わせた。どうして彼には心の深いところを見せられるのだろう。

テツの長く力強い腕が玲奈の背中で組まれ、二人の距離は限りなく近くなった。

まるで心まで彼の腕に囲まれているようで、玲奈は肩を震わせた。

「レナ……言いたくないならいいけど、……また、あの男のこと？」

玲奈はこくんと頷いた。

そのまま彼の胸の中で、玲奈はしゃくり上げつつポツリ、ポツリと説明する。

仕事を一つ失っただけではなく、館内が玲奈についてよくない噂《うわさ》を流したから、急に変更になったのかもしれないことを。

「そんな……バカな。編集もそんな噂《うわさ》話を信じて、一度オファーした仕事を変更するのか？」

「わからないけど、こんな急に切られるなんて、本当に……っ、もう、どうしたらいいの？」

どうしようもなく涙が溢れてくる。

これまでの頑張りを否定されたようで、玲奈は苦しくなる胸のうちを吐き出すみたいに、テツの胸に顔を埋めた。

「レナ、ここだと落ち着かないだろうから……場所を変えようか。僕の部屋でいい？」

テツの柔らかい声を聞いた玲奈は、再びコクンと頷いた。この温かい腕の中にもっといたい。それしか考えられなかった。

テツの固く大きな手をとると、彼は目元を少し赤くして「ホテルはすぐそこなんだ」と耳元で囁《ささや》いた。玲奈は酔った足取りで、導かれるままに彼のあとをついていく。

テツの泊まるラグジュアリーで近代的なホテルに着いてドアを閉めた途端、待ちきれないとばかりに玲奈は彼の顔を両手で挟み込み、唇を寄せた。

――私を癒《いや》してほしい。冷えた心を、温めてほしい。

「お願い……テツさん、今夜は離さないで」

「レナ、でも……本当にいいのか？」

戸惑うテツの口を塞ぐように、玲奈は大胆にキスをした。

――誰でもいいから、私を乱して。あの男を、忘れさせて。

衝動的になった玲奈は、テツの首の後ろに手を回すと上目遣いで彼を見上げる。

「もう、忘れたいの。――何もかも。だからお願い、私をぐちゃぐちゃにして」

「……っ、わかった。クズ男なんて、すぐに忘れさせるよ」

低い声と共に大きな手のひらが頭の後ろに添えられ、逃れられなくなった。目を閉じると唇の上に柔らかいテツの唇が落ちてくる。

「でも、君を離せなくなるよ。それでも、いい？」

二度、三度と角度を変えて唇の端に口づけされ、視線を交わす。玲奈はゆっくりと目を閉じて頷いた。

言葉を発することもなく、唇の内側の湿ったところを重ね合う。息もできないほどに熱く口づけを交わしながら、テツは玲奈のブラウスの前ボタンを外していく。

もどかしいくらいに丁寧に外されて、前がはだける。すると花柄の飾りのついたブラが現れた。

「可愛い。これ……外しても？」

こうなることを全く考えていなかったわけではない。持っている中で一番上品に見える下着を選んでいた。

テツは背中に手を回してブラのホックを外すと、ゆっくりと上に押し上げた。締めつけから逃れることのできた乳房がたぷんと揺れて姿を現す。

その瞬間、テツの雰囲気が変わる。雄の目をしたテツが、玲奈の目を覗き込んだ。

「レナ……凄く綺麗だ」

扉のすぐ近くの壁に背を押し付け、両手で乳房をすくいながら固い手のひらで柔らかい乳肉を揉み始める。上向きになって、固く勃《た》ち上がった乳首をきゅっと強く指でつままれた。

息もできないくらいに舌を絡め合うキスをしたまま胸を刺激されると、下半身が疼《うず》き、身体が甘く反応する。

──テツさんって、凄い、上手……！

あんなにも紳士で大人な彼の手つきが、いやらしくて気持ちがいい。

獣のような熱いまなざしを受けながらテツに身体を預けると、玲奈の口からはしたないくらいに嬌声が漏《も》れ始める。

「レナ、僕の目を見て」

「んっ、……ふっ、ううっ」

——これ、溶けるほど気持ちいいっ……

キスだけで腰にくるなんて、初めてだった。男の舌で嬲《なぶ》られて、くちゅりと水音が耳に響く。すると足がぷるぷると震えてしまう。

テツは片手で乳房をまさぐりつつ、もう片方の手を伸ばしてスカートの上から玲奈の形のよい臀《でん》部《ぶ》を撫でまわした。

はだけた胸の突起に吸い付かれると、それだけで疼《うず》きが全身を走っていく。

——やだっ、これ、絶対に濡れてるっ。

脚の間からは滴《したた》る感触があった。たったこれだけの愛《あい》撫《ぶ》で、これまで経験したことのない夜になりそうだと玲奈は慄《おのの》いた。

テツは柔らかいお尻から手を離すと、キスをしながら自分のジーンズのベルトをかちゃりと外し、もどかしげに前をくつろげる。既に彼の欲望は布地を押し上げていた。

玲奈が手を伸ばして硬い部分をそろりと撫でると、テツはふるりと小さく震えた。

「……君はいけない人だ」

はぁ、と熱い息を吐いたテツが耳元で囁《ささや》いた。その低い声だけでゾクリとした快感が背中を走っていく。

テツは腰を落とすと昂《たかぶ》りを玲奈の太腿にぐりぐりと押し当てるように身体をくっつけた。

もっと、淫《みだ》らなところにそれが欲しい。

そんな渇望が湧き上がってきた玲奈は、テツの黒いシャツのボタンを一つ一つ外しながら、ねだるように濡れた声を出した。

「ここじゃいや、……ベッドに、行きたい」

「わかった」

テツは逃がさないとばかりに玲奈の腰に手を回し、寝室に連れていく。

淡い光だけが残るように照明を落とすと、テツはそれまでの早急な手つきとは打って変わって、ゆっくりと玲奈をベッドに横たわらせた。真新しい白いシーツが肌に冷たい。

「自分で脱ぐ？　それとも……脱がせてほしい？」

「じ、自分で脱ぐから」

誘っておきながら、いざ身体をさらけ出そうとすると恥ずかしさが上回る。ブラジャーはさっきから引っかかっているだけで意味をなしてない。

既に露《あら》わになっている胸を腕で隠しつつ、玲奈はブラウスを脱ぐとすぐに、ブラの肩紐を外していく。フレアスカートのジッパーを下ろしてテツを見ると、まるで視姦するかのように玲奈を見つめていた。

「もうっ、そんなに見ないで」

「やっぱりここから先は、僕にさせて」

目元を柔らかく細めたテツが、ゆっくりとスカートを足から外していく。白く、少し肉付きのよい太腿と黒いレースのついた下着が露《あら》わになった。

「綺麗だ、レナ」

身体に残っているのはショーツだけだ。トクトクと高鳴る鼓動がさっきからうるさいくらいに耳の奥で響いている。

「私も、テツさんの服を脱がせたい」

口をすぼめて言うと、彼はくすりと笑って「いいよ」と返事をした。

玲奈はベッドの上に立ち膝になり、さっき外せなくて中途半端になっているシャツに手を伸ばし、ボタンを最後まで外していく。すると、両胸がテツの目の前でぷるんと揺れてしまった。

ちょっと意地悪な顔をしたテツは手を伸ばすと、玲奈の乳房の先端をいじり始める。

「可愛い」

「ちょっと、これじゃ脱がせられないっ」

悪戯《いたずら》する手をかわしながら、なんとかシャツを脱がせ終えた玲奈はジーンズに手をかけた。盛り上がった昂《たかぶ》りを見ないようにして硬いジーンズを腰まで下ろし、あとは片方ずつ外していく。

テツも服を脱ぎ終えると、黒のボクサーパンツ一枚になっていた。

休日に鍛えていると言った通り、細身の身体には均整のとれた筋肉が浮き上がっている。彼の身体から目が離せない。

ベルガモットの香りと仄《ほの》かな汗の匂いが混ざり、目元を赤くしたテツから壮絶な色気が漂《ただよ》ってくる。玲奈を落ち着かなくさせる香りが鼻腔《びこう》をくすぐった。

これから本格的に食べられてしまうのだろう、薄い唇を厚い舌でペロリと舐めた彼は、玲奈を視線で射貫いた。

「あぁ、これも僕が脱がせていい？」

コクンと頷いた途端、テツはショーツの両端を持つと、少しずつ引き下ろしていく。するとささやかな和毛《にこげ》が現れて、蜜口からは恥ずかしい糸が伸びていた。

「可愛い、もう濡れてる」

「もうっ、いちいち口にしないで」

「ごめん、でも本当に可愛いよ」

テツはゆっくりと覆い被さると肌と肌を合わせるように抱きしめながら、顔中についばむようなキスを落とす。

「レナッ、……レナ」

まるで恋人のように甘く名前を囁《ささや》かれて口づけを受けていると、テツに愛されていると誤解しそうになる。

「っ、んっ、……ふあっ、ああっ」

「レナ、たまらないよ。もっと乱れて、僕に蕩《とろ》けた顔を見せて」

テツの目の奥に、欲望の火が灯っている。

自分から仕掛けたはずが、さっきからテツにリードされている。キスをしながら胸を強めに愛撫《あいぶ》され、痛いはずなのにもの凄く気持ちがいい。

じわりと愛蜜が滴《したた》り濡れていく。

――こんなのだめ、溶けちゃうっ……

気がついた時には、テツは玲奈の下腹部に顔を落とし、ぷくりと膨らんだ蕾《つぼみ》を口の中で転がしつつ指をたっぷりと濡れた膣内に入れていた。

じゅぷ、じゅぷとゆっくりと解《ほぐ》しながら蕾《つぼみ》の裏側を刺激されると、玲奈はそれだけで快感を拾ってしまう。

「もっと、声を出して」

次第に指の数を増やして抽送を繰り返されると、気持ちのいい感覚が這い上がってくる。太腿の内側に力を入れ、足を閉じようとしてもテツの身体が入り込んでいてできない。

「んっ」

ぞくぞくっと快感が背中を走っていく。舌先で蕾《つぼみ》を捏《こ》ねるように吸われつつ蜜口の気持ちのいいところを刺激されると、突然、その感覚が玲奈を襲った。

「っ、はぁっ、ああっ――っ」

びくん、びくんと身体が跳ね、太腿でテツの頭を挟んでしまう。

「あっ、ああっ、イ、イッちゃう……」

快感が全身を貫いていく。いきなり絶頂を味わった玲奈は、信じられない思いでテツを見るけれど、彼は「まだだよ」と言いながら再び蜜口に口づけた。

「まだっ、まだイッてる、からっ」

さらに深く指を突き入れられ、蕾《つぼみ》に強く吸い付かれるとダメだった。

「あっ、……ぁあっ、あっ、あっ、もう、いっ」

痙攣《けいれん》が収まらないまま連続して刺激され、再び絶頂に持っていかれる。玲奈は立て続けに達していた。

震える腰を突き出すようにして、きゅうっとテツの指を締め付ける。何度もダメといってもテツは舌を器用に動かして、敏感になった蕾《つぼみ》を刺激することをやめなかった。

——こんなに激しいなんて、聞いてないっ！

シーツを鷲掴《わしづか》みにしながら全身に力を入れて足先をピンと伸ばす。背中をビクッとのけ反らせ、玲奈は再び絶頂へと投げ込まれていた。

——こんなに、気持ちいいなんてっ……

酔った上に今日初めて出会った人とワンナイトなんて、これまでしたことがない。玲奈は大胆なようでいて、館内が初めての相手でずっと彼に一途だった。

館内《クズ》とは比べ物にならないほどに高められている。

テツは起き上がると愛液で濡れた口元を腕で乱暴に拭《ぬぐ》う。その仕草がまた、胸をキュンと締めつける。

玲奈は両手を上げるとテツの頭を抱えるようにして、再び自分から唇を合わせた。

キスの合間に何度も「可愛い」と囁《ささや》かれると気持ちがいい。

きっと今夜だけの関係なのに、テツの低音で聞くと心の一番奥に届くようで、震えてしまう。

互いの口内の柔らかいところを舐め合って舌を絡めながら、テツの骨太の指で花芽を捏《こ》ねられ、花びらをなぞられる。

腕を伸ばしてテツの昂《たかぶ》りに触れると、彼は下着を下ろして窮屈《きゅうくつ》な場所からそれを取り出した。血管がビキビキと浮かび上がり、硬く勃《た》ち上がっている。

雄茎を手に持ったテツが濡れた鈴口を秘裂に添え、入口を往復するように擦《こす》る。それだけで玲奈は小刻みに達していた。

「あぁ、もういいかな。レナ、……挿《い》れるよ」

ぐっと両膝を開かれ、テツが待ちきれないとばかりに腰をあてがう。

「はぁ、ちょっと、待って」

顔を少し上げて彼の熱杭を直視すると、想像以上に逞《たくま》しい。テツのそれは背の高さに比例するように大きかった。

「また、レナはいけない子だね。もう、待てないよ」

呟きと共に、しっとりと湿った蜜洞に被膜を被せた熱杭の先端が入ってくる。

ゆっくり入口を浅く往復したかと思うと、ぐっと腰を進めて奥に入り込んできた。

「はあっ、ああっ」

「凄い……っ、うあっ、絡みついてくる」

きゅうっと絞るように熱杭を締め上げると、「うっ」という声と共にテツは腹筋に力を入れた。

射精感を堪《こら》えているのか、玉のような汗を額に浮かべている。

「こらっ、まだ挿入《はい》ったばっかりだろ、そんなに絞めたらだめだ……」

眉根を寄せ、少し困った顔をしたかと思うと、テツは玲奈の片足を持ち上げ肩にかけた。

挿入が深くなり、それだけで「はあっ」とイきそうになる。

「だ、だめっ、それ、深いっ」

どう考えてもテツの熱杭は大きくて長い。これまで体験したことのない奥まで挿入され、リズミカルに突かれると快感が背筋に上ってくる。

「あっ、イクっ、イッちゃうっ」

「もっと早い方がいい？」

「う、うんっ」

「わかった」

テツは玲奈の両足を肩にかけ、膝をついた格好で本格的に腰を打ち始めた。

せり上がってくる快感を解放するように足をピンと伸ばすと、愉悦が身体の芯から這い上がって全身にいきわたる。気持ちがよすぎて、何も考えられなくなってしまう。

テツが指の腹でぷくりと膨らんだ花芽をなぞると、一気に目の前が真っ白になり快楽が玲奈を貫いた。

「んあっ、はぁああっ」

「レナっ」

思わずテツの首の後ろに爪を立てて引っ掻いてしまう。衝撃にも似た快楽に玲奈は身体をぴくぴくと震わせ、膣をきゅうっと絞った。

するとテツも耐えきれないとばかりに「うっ」と唸《うな》り声を漏《も》らす。

「凄い……こんなの初めて」

絶頂から降りた玲奈がほうっと息を吐くと、テツはくっと口角を上げた。

「あぁ、僕も持っていかれるところだったよ。レナ、まだ夜は始まったばっかりだ。あの男を忘れるには、もう少し必要だろう?」

「えっ、あっ、キャッ」

玲奈の両膝を押さえると、テツはゆっくりと硬いままの熱杭を抽送させる。

溢れ出す愛蜜が恥ずかしいほどの水音を立てている。その音を聞くだけで、頭が沸騰しそうになった。

「レナ、本当に君は……はあっ、たまらないよ」

「あっ、あっ、テツッ、凄いっ」

はっ、はっとまるで獣になったように息が荒くなり、肉と肉がぶつかり合う音が部屋中に響く。

高い嬌声を上げることしかできない。

玲奈の身体を抱きしめたテツが、ぶるりと身体を震わせ被膜越しに欲望を吐き出した。同時に玲奈も絶頂に持っていかれる。

二度、三度と押し込むように腰を前後させ、胸を大きく上下させながらテツははあっと息を吐き出した。

「ごめん、ちょっと早すぎたよね、次はもっとレナをイかせるから」

「えっ、ええっ？」

もう十分達しているのに。そんな言葉を口にする間を与えず、テツはゴムの入った袋を取り出すと、それを開けて素早く取り替えた。

次は後ろからにしようか、と体位を変えて四《よ》つん這《ば》いにさせられる。腰を持ち上げ、テツは臀部《でんぶ》を握りしめながら蜜口に顔を近づけた。

「えっ、あ、テツ？」

まさか、こんな姿勢になって舐められるとは思っていなかった。テツは玲奈のまろやかな臀部《でんぶ》を揉みつつ、舌を突き出して秘裂から滴《したた》る愛液を啜り上げた。

「はぁあっ、だ、だめぇっ」

柔らかな刺激に身体が震え、テツの甘い息が後孔にかかる。

上体を上げたテツは臀部《でんぶ》を固定するように掴むと、既に一度上り詰めた蜜洞に再び硬くなった先端があてがった。

「レナ、いくよ」

どちゅん、と一気に硬い熱杭が打ち込まれ、思いがけない強い衝撃に玲奈は顎《あご》を上げてしまう。

「あっ、そこ……ああっ、凄いっ」

「ここ？　ここがいい？」

テツは腰を回すようにして玲奈の善《よ》がるポイントを探している。その動きが激しすぎて、玲奈はあられもない声で喘《あえ》がされた。

昼間はあんなにも紳士だったのに、夜はこんな獣になるなんて聞いていない。

「あっ、も、もおっ、だめぇっ、こんなの、よすぎてこわれちゃうっ……！」

「いいよ、僕のでこわれたらいい」

自分から求めたとはいえ、テツはとてもとても——いろんな意味で凄すぎた。

——本当にぐちゃぐちゃになっちゃうっ……

乾いた音が鳴り響く。顔を持ち上げられ、キスされながら突かれると、上も下も同時に犯されているようでかつてないほど興奮する。

テツは後ろから手を伸ばして玲奈の揺れる乳房を鷲掴《わしづか》みにしていた。

「レナ、好きだっ」

揉まれながら、突かれながら掠《かす》れた声で囁《ささや》かれると、本当のことのように聞こえてしまう。快楽と共に彼の言葉が甘い毒になって玲奈の身体を痺《しび》れさせた。

テツは熱を帯びた目で玲奈に何度も「好きだ、可愛い」と言いつつ、硬い熱杭を抽送する。彼の裸の胸が背中に当たり、耳元で荒れた息遣いが聞こえる。揺れる乳房の先端をくにくにと捏《こ》ねてうなじを甘噛みした。

「あっ……っ、はぁっ、あっ、あっ、だめっ、イくぅ……っ」

絶え間ない刺激に玲奈は翻弄《ほんろう》されていた。次第にスピードを上げたテツは、仕上げとばかりに最奥を穿《うが》ち玲奈を絶頂へと導いていく。

目の前が白くなるのと同時に、テツの身体がぶるりと震える。

「……っ、くっ、出るっ」

薄い膜一枚を隔《へだ》て、テツは熱を玲奈の中に放出した。

ふーっと息を吐き出しながら、テツが「日本に帰ってからも、付き合おう」と玲奈に言葉をかける。

けれど、本名さえ知らない相手の閨《ねや》での言葉を本気にすることなどできない。玲奈は返事をすることなく、最後は倒れるようにして意識を手放した。


朝日を感じて目を開けた玲奈は、重い腰の痛みに思わず顔をしかめた。

昨夜は酔っていたとはいえ、知り合ったばかりのテツと大胆にも一夜を過ごしてしまった。それも、明け方まで身体を繋げるなんてことは初めてだ。

「ど、どうしよう」

完全に酔っぱらっていた。普段の玲奈では、考えられない行動だった。

テツも最初はかなり戸惑っていたように思う。それを、無理やり口づけて自分の方から襲っていた。

——ああっ、これじゃ私、痴女と変わらないっ！

いくら忘れさせてほしかったとしても、テツは昨日出会ったばかりの人だ。

昼間の彼は完璧な紳士だった。獣になるように煽《あお》ったのは玲奈だ。……と、思う。

隣でまだテツは気持ちよさそうに眠っている。彼に包まれるように激しく抱かれ、久しぶりのエッチに乱れに乱れ――極上の一夜だった。

思い返すだけで頬が赤くなる。これはもう、思い出してはいけない『黒歴史《やっ》』だ。

頭を抱えながら時計を見ると、急に現実が迫ってくる。

――やだっ、もうこんな時間！

今日は帰国のためにホテルをチェックアウトしないといけない。

荷物をまとめていなかった玲奈は、するりとベッドから降りると脱ぎ散らかした服を拾い上げた。

シャワーを浴びたいけれど、急がないと間に合いそうにない。

サッと服を着ると玲奈は慌ててかばんを持つ。テツが眠っている今のうちに姿を消せば、お互いにしこりも残らないだろう。

昨夜のことは二人とも一夜の遊びとして忘れた方がいい。

「ありがとう、テツさん。じゃあね」

すこぶるいい男で、身体の相性もいい。こんな風にワンナイトさえしなければ、もっと違う形で会えたかもしれないのに。

このままサヨナラするのは惜しいけれど、館内と別れたばかりの玲奈は今、とても恋愛をする気にはなれない。

そーっと部屋を忍び出ると、重い腰を押さえながら急いで地下鉄の駅に向かう。

まさかその時黙って部屋に置いてきたテツに追いかけられ、再び会うことになるとは思いもしなかった。

◇第二章

ニューヨークから帰国した玲奈は、急に取り消された仕事については忘れることにした。持ち前の明るさと度胸のよさもあり、海外事情を記事にする仕事も増えている。

館内の裏切りは許せないけれど、人生の勉強代だったと気持ちを切り替えた。

——結局、あの夜で吹き飛んじゃったのよね……

思いがけない一夜を過ごしたことで、ぐちゃぐちゃだった気持ちがすっきりしていた。クズ男のことは、テツのおかげですっかり過去のものになっている。

それでもあの夜、自分とは思えないほど乱れてしまったことが恥ずかしくて、玲奈はテツのことを記憶の中から抹消することにした。

幸いにも次の仕事はすぐに決まり、今回はシンガポールに来ている。近代的な建物が立ち並び、マーライオン公園など街全体が美しく整っていた。

顔を上げると雲一つない青空が広がっている。ニューヨークの夏よりも暑い南国の気候が、玲奈にあの熱い一日を思い出させていた。

——テツとのエッチ、本当に凄かったな……

時々思い出してはあらぬところが疼《うず》いてしまう。けれど、名前も連絡先も知らないし、彼も玲奈のことを捜し出すことはできないだろう。名刺すら渡していなかった。

――だめだめ！　テツのことばっかり考えないで、シンガポールを楽しまないと！

もう忘れないといけない男《ひと》なのだ。

玲奈は頭を小さく左右に振ると、ガイドブックを取り出した。シンガポールではマレー料理も中華料理もある。今夜は何を食べようか、と楽しみにしながら頬に風を受ける。

玲奈はノースリーブの青色のシャツに、白のサブリナパンツを履いて散歩をしていた。

ようやく取材が終わり、歴史的な建築物であるショップハウスの立ち並ぶ地区を歩いていると、ふと子どもの姿が目についた。

もしかしたら……と思って眺めていると、近くを歩く白髪《しらが》交じりの男性から財布を盗もうとしているのか、後をつけて隙を窺っている。

――どこにでも、やっぱりいるのよね……

子どもがそーっと、慎重に後ろに回って、その人のかばんを盗《と》ろうと手を出した。

『ちょっと、そこの君』

『わ――っ！』

英語で声をかけた途端、逃げ出そうとする子どもの服を掴み、玲奈は子どもに向かって説教を始めた。

『いい、今こんなことをしても、後悔しか生まないのよ。犯罪行為はね――』

『ご、ごめんなさい……』

『謝ることができるのは、いいわね。ハイ、これでもなめたらいいよ』

そう言って玲奈は大きな飴玉を子どもに渡した。その子は目を大きくして喜んだ。

『ありがとう！』

『もう、あんなことしちゃダメだよ！』

『うん！』

走り去っていく子どもの後ろ姿を見た玲奈が振り向くと、白髪《しらが》交じりの男性がまだそこにいる。

「お嬢さん、ありがとう、助かりました」

「えっ、日本人ですか？」

いきなり日本語で話しかけられ、玲奈は思わず目をぱちくりとした。

男性はおじいさん、というには申し訳ないほど溌剌《はつらつ》としていた。背の高さはちょっと日本人離れするほど高くて、白いシャツにキャメル色のトラウザーズを穿《は》き、かばんを斜めにかけている。にこやかな笑顔を見せているが、その一方で隙のない感じもする不思議な人だ。

「お礼に夕食をごちそうしたいが、いかがかな？」

「へっ？　そんな、私はただ子どもに声をかけただけですが……」

「いやいや、お嬢さんの勇気ある行動で私もかばんを盗《と》られなかったから、ぜひともお礼がしたい」

玲奈にしてみれば、子どもが悪いことをしたら叱るのは当たり前のことだ。ここで悪いことをしたという意識を持たなければ、もっと大きな犯罪に手を出しやすくなる。

だから説教しただけで、自分としては特別なことをしたつもりはなかった。けれど、男性はどうしても夕食を奢《おご》りたいと言ってくる。

「私一人で夕食をとるのも味気ないからね。マリーナベイ・サンズにあるホテルにいるから、そこでどうかな」

「マリーナベイ・サンズ！　あそこのホテルにお泊まりなんですか？」

玲奈は思わずゴクリと唾を呑み込んだ。三つのタワーの上に舟型の構造物が横たわる、今やシンガポールの象徴とも言える超高級ホテル。

玲奈のような庶民には手が出ないホテルだ。

「どうかな。こうして会えたのも何かの縁だから、レストランで食事でもどうだろうか」

「本当ですか？」

憧れのホテルのレストラン。ぜひ案内してほしい。

南国の温かい空気が玲奈の心をおおらかにしていた。

相手はお年を召した方だし、大胆になってみようと玲奈は早速返事をする。

「わかりました、夕食のお相手でしたら喜んで」

「よし、そうと決まれば後でホテルのフロントに来てほしい。私の名前を出せば、すぐに案内してくれるだろう」

そう言って渡された名刺の名前は、勝堂総一郎《そういちろう》とあった。役職のところに会長と書かれているのを見て、玲奈は手が震えてしまう。

「あの、……あの勝堂ホールディングスの会長ですか？」

「会長といっても、まぁ、もう引退して息子に引き継ごうと思っている途中だよ」

――信じられない！　あんな大企業の会長だなんて……

勝堂ホールディングスといえばホテルから総合商社まで持っている、日本では誰もが知っている大企業だ。その会長と知り合うとは夢にも思わなかった。

一旦宿泊しているホテルに帰り、前面で布地がクロスしている青色のXラインワンピースに着替え、マリーナベイ・サンズに向かう。

そしてセレブリティ・シェフがいると名高いレストランに案内されると、蟹《かに》の姿煮やココナッツで味付けされたシーフード・カレーなど、シンガポールらしい南国料理が出てくる。

香辛料が効いてスパイシーで、ぷりぷりのエビを使った麺料理は特に素晴らしかった。

――んんっ、美味しい！

レストランでは流行《はや》りのジャズが心地よく流れている。

何よりも気さくな勝堂会長のグローバルな体験談を聞いていると、時間は溶けるように過ぎていった。

「麻生さん、いや、君のような女性とこんなにも楽しく食事ができてよかったよ。いい食べっぷりで、こちらも奢《おご》りがいがあった。日本に帰ったら、また美味しい店を紹介したい」

「そう言ってもらえると嬉しいです。次はぜひ、会長にインタビューさせてください」

「ははっ、こんな爺《じじい》でよければ、いつでも話をしよう」

そして連絡先を書いた名刺を渡すと、もう時間なのでと玲奈は席を立った。

するとレストランの入口から背の高い男性が数人入ってくるのが見える。人気のレストランだから、客がひっきりなしに来るのだろう。

「すまないね、本当は息子も一緒にシンガポールに来ているから、君を紹介したかったよ」

「いえ、また機会があればお会いできるでしょう、楽しみにしています」

お礼を伝えレストランを出ていく途中、入口で立っていたサマースーツ姿の男性と肩がぶつかった。

『あっ、すみません』

『いえ、こちらこそ』

低い声はどこかで聞いた気がするけれど、シンガポールに知り合いはいない。

玲奈は振り返ることなくホテルのロビーに出ると、ちょうどそこに停まっていたタクシーを見つけた。

レナ、と名前を呼ばれたように思ったけれど、きっとざわついたロビーの雑音を拾ったのだろう。

気に留めることもなくタクシーに乗り込んだ。

◇

京都の料亭で目の前にいるテツは、ニューヨークで会った時と雰囲気がガラリと違う。

精悍《せいかん》な顔つきをしている彼は見るからに王者の風格をまとい、上品で自信に溢れている。黒に細いラインの入った三つ揃えのスーツに、ボルドーのネクタイ。

鼻筋の通った鼻梁《びりょう》に、キリっと結ばれた薄い唇。後ろに流して固めた黒髪にくっきりした二重の瞼。

ニューヨークのテッツはもっとこう、ラフで黒豹のようにスマートな男性だった。服装と場所によって、こうも違って見えるのだろうか。

玲奈はテッツの正面に座り、そっと彼に視線を送った。黒い双眸《そうぼう》がじっと射るように自分を見つめている。

——ど、どど、どうしよう……本物のテツさんだよね……

玲奈はドキドキと脈打つ鼓動を抑えるために、胸に手を当ててふうっと息を吐いた。

テツのことは、黒歴史として記憶から追い出してきたのに、まさか再会するとは思いもしなかった。

「レナさん、また会えて嬉しいよ」

「あああ、あの！　ここにいるってことは、テツさんはもしかしてもしかすると……勝堂ホールディングスの」

「あぁ、そういえばあの時は名刺も渡さなくてすまなかった。誰かさんは子猫のように逃げてしまったからね」

くつくつと笑った彼は、胸のポケットから名刺入れを取り出す。

「僕は、勝堂コーポレーションの勝堂哲司《てつじ》です」

彼は名刺を手にして、少し立ち膝になって腕を伸ばす。名刺を持つ手の爪は綺麗に切り揃えられ、節くれだった男らしく長い指が目の前に差し出された。

名刺を受け取ると、表面のつるりとした感触が気持ちいい。

役職をそっと見ると、CEO（Chief Executive Officer）兼代表取締役と書かれている。勝堂ホールディングスは、不動産業にホテル、商社に輸送会社と、複合的な企業を統括している国際的な大企業だ。日本でその名前を知らない人はいない。

日本を代表するグループ会社のトップの人とワンナイトしてしまったことになる。

――どうしよう、本当にCEOとエッチしちゃったの？

ぐつぐつと頭が沸騰するように恥ずかしい。すぐにでもこの場から逃げたくなったけれど、せっかく中に入ることができた料亭を飛び出すわけにはいかない。

それに、玲奈はその場限りの関係と思っていたのに、どうして再び会うことになったのだろう。

「レナさん、僕には君の名刺を貰えないのかな？　それとも、やっぱり僕に連絡先を教えたくない？」

「い、いいえ。そんなことはないです、ちょっと待ってください」

玲奈もかばんから自分の名刺を取り出して差し出すと、一瞬彼の指先に触れた。

ピリッと電撃のように、身体中にあの時感じた熱が巡り、どうしようもなく顔が火照《ほて》る。

「あ、あの、麻生玲奈です」

恥ずかしいと思いながらも名刺を手渡すと、両手で受け取った彼は座卓の上に置いて、玲奈の字を指でなぞった。

「玲奈さんの漢字は、こう書くんだね。僕のことはテツでも、哲司でも、どちらで呼んでくれてもいいよ」

「では、……哲司さん。今日はどうしてこの料亭へ？」

「父が君を呼んだと聞いたから、来たんだ」

へ？　と顔を上げて哲司を見る。

そう言えば、今日の会食は勝堂会長の招待で来たのだった。気さくな勝堂会長と一緒に食事をするとばかり思っていたのに、まだ姿を見せない。

「あの、勝堂会長は後から来られるのですか？」

「ん？　今日は父は来ないよ、聞いていなかった？」

「え？　本当に？」

一気に緊張感が高まる。会長がいないならば、ここにいる哲司と二人きりだ。

向かいに座る相手はなんといっても勝堂ホールディングスのＣＥＯ。玲奈は自分に落ち着け、落ち着けと唱えてから顔を上げて、にこりと笑顔を作った。

――よし、なかったことにしよう！

もう、ニューヨークの夜は思い出さないことにして、とぼけて過ごそう。

あの夜の相手だったテツがＣＥＯだなんてシャレにもならない。

きっと哲司にしても同じだろう。今回はなぜか二人で食事をすることになったけど、何かの手違いに違いない。

「そうでしたか、会長にお会いできないのは残念ですが、ここは素敵な料亭ですね。料理が楽しみです」

「ん？　玲奈さん？　ニューヨークの時のように、もっとリラックスしてくれていいんだよ」

哲司が不思議そうな顔をして玲奈の顔を覗き込んでくる。

広い座卓があるおかげで、距離を保つことができるのが幸いだった。彼の体温に触れたらきっと、またあらぬ方向に意識が飛んでしまう。

「……哲司さんがＣＥＯだなんて、知らなかったです」

「知っていたら、連絡先を残してくれたかな」

「そんなこと！　知っていたら余計に近づかなかったです。……あんな風に」

玲奈は思わず本音を口にしてしまう。ＣＥＯだから哲司に近づく女性も多いだろうが、高嶺《たかね》の花のような存在に気を取られるよりは地道に生きていく方がいい。

正直な玲奈を見て、哲司は再びくつくつと笑い始めた。

「そうか、うん、君ならそう言うと思っていたよ、玲奈さん」

「あぁ、もう。今日はここでのお料理を楽しみにしていたのに」

「ごめんごめん、僕もこの料亭は初めてだから、一緒に楽しもう」

こんなことで動揺してはもったいない。

今日は樫屋で秋の懐石料理を頂くことができる、せっかくの機会なのだ。

気持ちを切り替えるように玲奈はキュッと顔を引き締めた。哲司もリラックスして料理を楽しもうと、正座を崩して胡坐《あぐら》をかいた。

これから憧れていた料理が運ばれてくる広い座卓の上に、お茶受けが出されている。

お茶を出し終えた仲居が「どうぞ」と言って、白い和紙の上に流麗に手書きされたお品書きを置いた。

先付けは長芋の菊花和《あ》えや胡桃《くるみ》、車海老の焼き物に、お造りには色鮮やかな紅葉鯛《もみじだい》や本鮪《ほんまぐろ》のお刺身、秋らしく松茸の土瓶蒸しといった、京料理らしい旬の献立が並んでいる。

どれも文字を見ただけで、楽しみで思わず微笑んでしまう。いつかこの料亭の記事を書きたいと、うずうずしてくる。

せっかくだからやっぱり取材させてもらえないだろうかと考えていると、目の前にいる哲司が声をかけてきた。

「玲奈さん？」

「は、はいっ？」

「今日はメモしなくていいの？」

哲司の涼《すず》やかな目元が微笑んでいる。玲奈がお品書きを読んで喜ぶ様を見て、彼は嬉しそうに目尻を下げた。

「今日は……大丈夫です」

本当はメモしたいけれど、流石に高級料亭でそれをするのは気が引ける。そっと上目遣いで哲司を見ると、彼は柔らかい目をして微笑むばかりだ。

確か勝堂ホールディングスのＣＥＯは三十一歳で、既に会社を任されていると聞く。玲奈より六歳年上の哲司だけれど、ニューヨークにいた時はもっと年が近いように感じていた。

だが今のスーツ姿であれば年相応に見える。

「ここは君が指定した料亭だと聞いたけれど、和食が好きだった？」

「ええと、和食だからというより、勝堂会長から会食したいと誘われた時に、せっかくだから会員制の料亭に行きたいと思ってお願いしました」

「それはやっぱり、取材がらみなのかな？」

「はい。ここは取材不可で有名な料亭なので、ライターとしては中に入ることができなくて。だから今日は、凄く楽しみにしていたの」

玲奈は向かいに座る哲司に答えると、目の前に用意された前菜を眺めた。紅、群青《ぐんじょう》、色とりどりの器に盛られた料理の一つ一つが季節を表していて、とても美しい。

流石、噂《うわさ》通りの一流の料亭だ。出される料理の全てが鮮やかで食欲をそそる。

玲奈は忘れないように心の中に書き留めていった。

「ここのお料理は彩《いろど》りも綺麗で、美味しそう」

「本当に綺麗だね。あぁ、まずは乾杯しようか」

「はい」

哲司は大きな手で瓶《びん》を持ち、玲奈が両手で持ったグラスにビールを注いでいく。注ぎ終わるとすぐに自分のグラスに注ぎ、二人は視線を合わせた。

「僕たちの再会に乾杯」

「か、乾杯」

口をつけるとビールが喉に届き、ちょっと熱くなっていた玲奈の頭も冷やしてくれるようだ。

「冷たくて、美味しい」

ふっと微笑んだ玲奈の顔を見た哲司は、一瞬眩しそうに目を細める。「では、いただこう」と声をかけられた玲奈は「はい」と返事をして手を合わせた。

目の前に用意された土瓶蒸しの蓋を開けると、大ぶりの松茸が入っていた。三つ葉の緑も鮮やかで、秋の香りがふわりと漂《ただよ》う。品のある盛り付けに、流石に京都の料亭は違うと、また心にメモをとる。

ふと彼を見たところ、哲司は目を細めてこちらを見つめていた。その眼差しがとても柔らかい。まるで本物の恋人のように、甘さを含んだ瞳を向けられている。

「哲司さん？　どうかしましたか？」

「いや、君ともう一度会えたのは本当に奇跡だなって」

「奇跡、ですか？」

「あぁ、ニューヨークで出会った後、君は連絡先も残さずに消えてしまい、捜したけれどなかなか見つからなかった。焦ったけれど、実はシンガポールで君とすれ違ったんだ」

「シ、シンガポール？」

素《す》っ頓狂《とんきょう》な声を上げた玲奈は目を見開いて哲司を見つめた。聞き間違えていなければ哲司は今、玲奈を捜していたという。

さらに偶然にもシンガポールですれ違ったというけれど、一体どこなのかさっぱりわからない。

思わず箸を止めて哲司の方を向き、玲奈はごくりと唾を呑み込んだ。

「いつ、私は哲司さんに会っていたのですか？」

「君が父と会った日に、僕もシンガポールにいたんだ。レストランで見かけたけれど、君は僕に気がつかずに行ってしまった。何度か呼び止めたんだけどね」

勝堂会長と食事をした時に、なんと哲司もいたという。そういえば、息子も一緒にシンガポールに来ていると言っていたような気もする。でも、それにしても凄い偶然で信じられない。

「あ、あの時の！」

「そうだよ、だから一度会ってその後また偶然出会っている。これはもう運命だよ」

「へっ？　運命ですか？」

「あぁ、だから君にどうしても会いたくて、父親に頭を下げてこうしてお見合いの席を設《もう》けてもらった」

「え？　あの……今、なんて言いましたか？」

玲奈は顔を上げたまま固まった。

先ほどの哲司の玲奈を捜していた、という発言もそうだが、お見合いという言葉もとんでもない。

まさかと思う玲奈へ、哲司は飄々《ひょうひょう》とした顔で伝えた。

「もしかして父から何も聞いていなかった？　今日は僕と玲奈さんのお見合いの席だよ」

「お、お見合い？」

玲奈は驚きのあまり、またも素《す》っ頓狂《とんきょう》な声で叫んでしまう。しまった、と思って口をパッと両手で塞ぐがもう遅い。

その瞬間、再び鹿威《ししおど》しのカポーンと鳴る音が部屋に響きわたった。

「僕とお見合いは嫌だった？」

「い、いいえ、そんな……どうして私なんかとお見合いだなんて」

「僕が希望したからだよ。玲奈さんにあの時言ったよね。もう離したくないって」

「ええ？」

ありえない展開に玲奈は混乱する。あのワンナイトは黒歴史だったのに、相手の哲司からはお見合いをするほど会いたかったと言われてしまった。

確かにニューヨークとシンガポール、偶然出会えたのは運命のようでロマンチックではあるが、それだけで結婚を決めることなんてできない。

玲奈は運ばれてきた料理の味が途端にわからなくなってしまった。

ルポライターとして、味や器を心に書き留めるはずが何も頭に入ってこない。せっかくの松茸の香りも飛んでいく。

まさか、こんなことになるとは思いもしなかった。

その後は哲司からいろいろと聞かれたけれど、上の空で答えているうちに最後の水菓子が出され、お開きの時間となる。

「では、玲奈さん。今度は東京で会おう」

「は、はは」

別れ際に次のデートの約束を、と言われた玲奈は、勝堂会長を通じてお答えします、としか言えなかった。お見合いというならば段階を踏んでほしいと頼み込んでようやく哲司は引き下がる。

その日の玲奈の記憶に残ったのは哲司の優しい笑顔と、それとは対照的に自分を捕まえて離さないと言わんばかりの鋭い眼差しだった。

◇

「会長！　お見合いだったなんて、聞いていません！」

京都での会食が終わった後、東京に戻った玲奈が連絡した相手は勝堂総一郎であった。お断りする旨を告げた途端、ぜひまた会いたいと言われ、断れずに改めて会っている。

「いやいや、黙っていて申し訳なかった。だが、見合いだと言えば来てくれなかっただろう？」

「それは、そうですが……でも、なんで私が息子さんとお見合いする必要があったのですか？」

「息子がどうしても会いたかったようだ」

「それならお見合いでなくても、よかったのに。その……結婚する目的で会うのがお見合いですよね」

「そうだな。ははっ、息子と会ってみて、どうだったかな？」

「あのですね、会長の息子さんは勝堂ホールディングスのＣＥＯじゃないですか！　無理ですよ、私なんて」

会長が危なかったところをちょっと助けただけなのに、どうしてお見合いすることになったのか。

総一郎は朗《ほが》らかに笑いながら話を続けた。

「いや、麻生さんが子どもに説教する姿を見て久しぶりに感激した。なかなか、普通のお嬢さんにできることじゃない」

「いえ、ただ単に、私はちょっとおせっかいが過ぎるだけです」

「その麻生さんの、おせっかいがいいんだよ」

「そんなこと言われても……」

まさか、勝堂ホールディングスのＣＥＯのお見合い相手に選ばれるなんて、誰が予想できただろう。

玲奈は田舎《いなか》にある一般的な家庭に生まれ、海外が好きで書くことが大好きな普通の女性だ。どう考えてもＣＥＯの伴侶に相応《ふさわ》しいとは思えない。

「麻生さん。実はシンガポールで哲司が君を見かけてね。君の連絡先を教えろと言ってきたから、だったら見合いをしろと私が言ったのだよ。そうしたら、息子の方が乗り気になってね。でも……君の気持ちは変わらないのかな？」

「は、はい。申し訳ないのですが、私はまだ結婚することは考えられません。あの、哲司さんが悪いとかではなくて、です」

「そうか……哲司が珍しく結婚に乗り気になって、麻生さんとお付き合いしたいと言っているのだが、どうだろう」

「ごめんなさい。本当にそこまで気に入ってもらえるとは思いませんでした」

ニューヨークで出会っているが、単に一夜の過ちだと思っていた。玲奈も忘れられなくて身体が疼《うず》いたけれど、館内のこともあり、まだ恋愛する気にはなれない。

そもそも連絡先も聞かなかったから、再会することも叶わないと諦めていた。

CEOともなれば、もっと洗練された美しい女性たちが哲司を野放しにしておくわけがない。そんな美女たちと争う気もないし、結婚自体考えていなかった。何よりも今はキャリアを積む大事な時期だ。

「もう少し理由を聞いてもいいかな？　こう言ってはなんだが、哲司は結婚相手としては理想的な部類に入ると思うが、気に入らないことがあったかな？」

「いえ。あの、本当に哲司さんが理由ではありません。私、ようやく仕事が軌道に乗ってきて、ライターとしてやっていけそうなんです。今ここで結婚して穴を開けるのが怖いだけです」

「仕事とは、ルポライターのお仕事かな？」

「はい。フリーで旅行記ですとか、主に海外の観光地を取材して記事にしています」

「そうか……」

勝堂会長は少し考え込むように俯《うつむ》いている。その姿を見ながら、玲奈は改めて不思議に思った。

今日はグランド・ルエラ・ホテルにあるレストランを案内された。

イタリアン料理が美味しいと評判のお店だが、予約がとれるのは一カ月待ちだと聞く。その個室に案内されて、目の前には牡蠣《かき》を使った料理が所狭しと並んでいる。

このルエラ・ホテル・リゾートは勝堂ホールディングスが運営しているから、会長が使おうと思えばすぐに予約できるのだろう。

やっぱり、格が違いすぎる。

いくら勝堂哲司に心惹かれていても、庶民生まれで田舎《いなか》育ちの玲奈とは違いがありすぎる。

そんなセレブの世界に馴染《なじ》むことができるとはとても思えない。ＣＥＯと結婚するとなれば、仕事はおろか自分の自由さえ失いかねない。

そんな風に思ってしまう玲奈は、やっぱり哲司との結婚を考えることはできなかった。

「そうか、それは残念だがまぁ、仕方がない。哲司には私の方から伝えておくよ」

「すみません会長、よろしくお願いします」

残念がる会長に申し訳ないと思いつつも、お見合いの話はここで終わり、と思っていたのだが――

しばらくすると玲奈に雑誌編集者から新しい仕事の依頼がきた。

「海外のホテルの取材ですか？」

「記事を君に書いてほしいんだけど、どうかな」

「やります！　やらせてください！」

編集者からの依頼は、世界中に点在するルエラ・ホテル・リゾートの中でも、ヨーロッパと中近東を訪問し、そのクオリティを客として体感してほしいというものだった。女性ライターとしての視点を生かした記事が求められている。

しかも移動にかかる経費は全てホテル側が支払うという。

広告を兼ねているにしても、こんな美味しい仕事はなかなかない。ライターとしても十分に経歴となる仕事だ。

「ルエラ・ホテル・リゾートの取材のお仕事、引き受けます」

玲奈にとって望外のチャンスがやってきた。

——これで、あの男《クズ》にも私が立派なライターになったことを認めさせることができる！

かつて自分に暴言を吐いた男、元カレの館内蓮を思い浮かべ、玲奈は手をぐっと握りしめた。

どうしてもルエラ・ホテル・リゾートの取材を成功させたい。勝堂コーポレーション傘下のホテルだから、会長が手を回したのかもしれないけれど、チャンスはチャンスだ。

玲奈は決意を新たにすると、取材のための下準備に入るのだった。

◇

――麻生玲奈。まさか、彼女と再会できるとは思っていなかった。

玲奈との出会いは四カ月前、ニューヨークに出張している時だ。父からの引き継ぎと商談はうまくいかず、最終段階で暗礁《あんしょう》に乗り上げていた。

気分を切り替えようとブルックリン橋をジョギングしていたところで、空に溶け込むような色のワンピースを着た女性を見かけた。

――綺麗な人だな。

これといって目を惹く外見でもないが、清楚《せいそ》な雰囲気で可愛らしい女性だと思った。

アジア系の顔立ちをしていても、ニューヨークにいる以上、日本人とは限らない。

けれど凛《りん》とした佇《たたず》まいの彼女がやけに目に留まる。ショートボブの柔らかい栗色の髪をした彼女は空色のワンピースを風になびかせていた。

――話しかけてみようかな。

そう思っていた矢先に猛スピードで走行している自転車に気がついた。

このままでは彼女にぶつかってしまう、そう思った哲司は手を出して――『あっ、危ない！』と言いながら彼女の腕を引いていた。

柔らかい髪がふわりと浮いて、哲司の顔にかかる。同時に柑橘系《かんきつけい》の爽《さわ》やかな香りがして、細い腕をギュッと握ってしまった。

『大丈夫でしたか？』

「――びっくりしたぁ……」

突然、耳に入ってくる舌足らずで可愛らしい日本語に胸がトクン、と高鳴る。

そうして言葉を交わすうちに、彼女の頬に涙の流れた跡を見つけ、どうしたのかと思った。

「……君、涙が」

そう声をかけておきながら彼女の泣き顔に見入ってしまう。なんて美しい人なのだろう、静謐《せいひつ》な雰囲気を持つ泣き顔に思わず目が離せなくなる。

まるで一枚の絵画のように、彼女が脳裏に焼き付いた。

——何か、涙を拭くものを。

と思っても自分の持つタオルは汗臭い。こんなものを渡すわけにはいかないと戸惑っていると、ハンカチを取り出した彼女は涙を拭いて、また泣き始めた。

ツーっと頬を伝う涙がキラリと光る。

白い肌と濡れた瞳が日の光を受けてダイヤモンドのように輝き、赤く熟《う》れたような唇が少し開いている。

——綺麗だ。

歩行者の邪魔になるといけないと思い通路の端に引き寄せ、彼女が存分に泣くことができるように風よけに立ち、しばし沈黙する。

——本当は胸に抱き寄せて、彼女の髪を梳《す》いて不安を少しでも取り除き、安心させたい。

そんなよこしまな想いを抱いているうちに、泣きやんだ彼女はお礼を言って涙を拭き取ると、ふわりと花が咲いたように笑った。

――もっと、彼女と話がしたい。涙の意味を、教えてほしい。

さよならと言うべきところで後ろ髪を引かれ、声をかける。橋の上をゆっくりと歩きながら話を聞くと、クズ男に騙《だま》されたという。できることならこの手で彼女を癒《いや》したい。

きっと自分であれば、その男や編集者に制裁を下すこともできるだろう。

でも、今はそれを伝えていい時ではない。もっと、彼女から信頼されるようになったら、自分のことを打ち明けよう。その上で提案すればいい。

そんなことを考えながら歩くうちに、ピザショップにたどり着いた。

ピザを頬張る彼女はひたすらに可愛かった。まるで小動物のような彼女が目の前で食べている。

――可愛い。

これまで自分と二人きりで食事をした女性は、大抵小食で気取りながら食べていた。

それと比べると、彼女はとても素直に美味しそうに食べている。自然と、また一緒に食事がしたいと思わされた。

それに、こう言ってはなんだけれど、玲奈は見かけによらず仕事熱心な女性だった。

ライターの仕事に誇りを持ち、もっと頑張りたいと頬を染めて話す姿が新鮮だった。

――僕は単に、親から引き継いだ仕事をこなしているだけだな……

大企業のトップになるべく教育されてきた。敷かれたレールが当たり前すぎて、窮屈《きゅうくつ》に感じることはなかった。

だが、いざ父親から跡を継ぐことになると重圧がのしかかってくる。勝堂の名の下には何万人もの職員がいて、その生活を支えている。失うわけにはいかない。

玲奈はフリーライターだから、自分の生活は自分で守るしかない。自分の夢のためにライターという職業を選択している。

——僕とは、ずいぶん違った人生だな……

自分との違いが魅力的で、目が離せない。ピザを食べ終わる頃には彼女に惹かれる自分を認めていた。もっと一緒に過ごしたい——

行きつけのバーに誘うと、彼女はなんと大胆にも胸元の開いたシャツを着て現れた。

何度もチラッと見える谷間が眩しい。彼女の身長には不釣り合いなほど大きい胸をしている。

——なんてことだ、危険すぎる。

あまりのギャップの大きさにクラりとしつつ、ビールを飲みながら交わした言葉が哲司を励ました。

彼女の優しい雰囲気に思わず、交渉がうまくいかない愚痴《ぐち》を零《こぼ》した。「自分は真面目すぎる」と話すと、「そうは見えない」と笑ってくれた。

さらに普段しないことを大胆にしてみればいい、と言って話が弾んだ。

玲奈のたわいない言葉と笑顔に、哲司の胸は見えない矢で射貫かれた。

きっと本人は、あの会話がどれだけ哲司にとって救いになったか想像もできないだろう。だが、あれが自分にとってのターニングポイント、壁を超える言葉になった。

——彼女をどうにかして捕まえたい。彼女に自分のことを、刻み付けたい。

哲司はこれまで女性から言い寄られることはあっても、自分からアプローチしたことはなかった。

だが、彼女のアドバイス通りに普段しないことを大胆にやってみようと決めた。

その手始めとして——サルサダンスを踊った。

ステップに合わせて視線を絡めると、陽気な音楽に合わせ腰をセクシーにくねらせる彼女から目が離せない。

——絶対に彼女を捕まえてみせる。

酒に酔った彼女をどうこうするつもりはなかったのに、玲奈の潤《うる》んだ瞳を見ると自分の中に潜《ひそ》む野生の雄がむくりと顔を上げた。

ぐちゃぐちゃにしてほしい、と囁《ささや》かれてタガが外れた。ホテルに誘い、ドアを閉めた途端に彼女から口づけられると、何かが頭の奥で切れていた。

玲奈の吐息一つ一つが甘く耳に残る。ありったけの想いを込めて優しく丁寧に抱いたつもりだけれど、途中からは夢中になって貪《むさぼ》ってしまった。

だが、彼女も熱く喘《あえ》ぎ白い肌を桃色に染め、汗を胸の間に垂らしながら尽きない欲望に応えてくれた。舌足らずな声で、「もっと」と言われると応えないわけにはいかなかった。

あの時の彼女の痴態を思い出すだけで……いらぬところに血が集まってしまう。

——本当に、ベッドの上の彼女は昼間の清楚《せいそ》な姿とは大違いだった。あれは反則だった。

気がついた時には空が白み始め、流石にやりすぎたと身体を横たえたところで——

翌朝起きてみると隣は空《から》っぽになっていた。

思わず頭を抱えて唸《うな》り声を上げてしまう。日本に帰ってからも付き合いたいと言ったが返事はなかった。

朝起きた時にもう一度聞こうと思っていたけれど、肝心の本人がいない。いくら捜しても、彼女の消息はわからなかった。

あれから、見つからない彼女の面影《おもかげ》をいつでも捜していた。

けれど、奇跡がシンガポールで起きた。

トン、と肩がぶつかった女性からは、懐《なつ》かしい柑橘系《かんきつけい》の香りがした。この匂いは嗅《か》いだことがある。

——まさか！

ショートボブの柔らかい栗色の髪にスラッとした身体、大胆でいて可愛らしい、あのニューヨークのブルックリン橋で出会ったレナ、彼女とそっくりだった。

「待ってくれ、レナ！」

気がついてすぐロビーを出ると、彼女を乗せたタクシーは走り出した後だった。

「レナさん！　レナ！」

ロータリーを走って追いかけるが、タクシーは走り去ってもう見えない。

捜し続けていた女性に似た人を、ようやく見つけたと思ったのに。哲司は悔しくなって、ぐっと拳を握りしめた。

自分も車で追いかけようかと考えたところで、女性が父親と話していたことを思い出す。

——父なら、彼女のことを知っているかもしれない。

すぐに引き返して父親に話を聞きにいく。

「父さん、さっき一緒にいた女性は誰だ？　教えてくれ、あの女性は——」

「なんだ、知り合いなのか？　麻生さんといって、とてもいいお嬢さんだったよ」

「麻生、その下の名前はレナですか？」

「あぁ、麻生玲奈さんだ」

——レナ！　やっぱりあの時のレナだった！

父親から名前を聞くことができて、今度はやった、という思いでぐっと拳を握る。

哲司はホッとすると同時に、父親の方をジロッと眺めて問いつめた。

「なぜ父さんが、あんな若い女性と一緒だったのですか？」

「なんだ、どうした？　お前らしくもない、そんなに焦った顔をして」

「連絡先を聞いていますか？」

「哲司、一体どうしたんだ？」

「父さん、とにかく連絡先を知っていたら教えてください！」

焦ったように父親を問い詰めると、反対に何事かと思われて根掘り葉掘り彼女のことを聞かれる。

教えなければ連絡先は渡さないと言われ、四カ月前にニューヨークで出会ったことを話す。

流石に一晩過ごしたことは隠したが、ずっと捜していたと伝えると——

「よし、わかった。私が一席設《もう》けるから、そこで会いなさい」

「そんな悠長《ゆうちょう》なことを言っていないで、連絡先を教えてください」

「いや、哲司。日時と場所は後で連絡する」

「父さん！」

結局、会長である父からはお見合いだから気合を入れていけ、とはっぱをかけられた。

だが、肝心の相手である玲奈は何も聞かされずにその席に来たのだった。


当日、父が設定したのは京都にある京町屋の料亭だった。久しぶりに見る彼女は白地の訪問着を着て、眩しいほどに美しい。

自分でもおかしなほど、彼女の仕草が可愛らしくて、愛しくて——その場でプロポーズしようかと思った。

だが、流石に失恋したばかりの彼女にそれは早すぎる。先に手を出してしまった自分は、何度かデートをして誠意を見せ、その上で最高のシチュエーションを用意して伝えたい。

——君のことが好きだと。ずっと忘れられなかった、と。

そう考えていたが、それは一方通行だったようだ。

「断ってきた？　麻生さんが？」

「あぁ、哲司。残念だったな、彼女はお前とは結婚できないと言っていた」

「まさか……」

「いや、そのままか、だ」

がっくりとうなだれてしまう。こんなにもショックを感じるのは、彼女と一晩過ごした翌朝に空《から》になったベッドを見た時以来だ。

お見合いの場では、彼女は可愛らしく頬を赤く染めて、こちらをジッと見つめていたのに。

何が悪かったのだろうか。身体の相性はかなりよかったが、やはりワンナイトしたことが裏目に出たのだろうか。だが理由は違うところにあった。

「断った理由は、なんだって？」

「――仕事だそうだ」

「仕事？」

「あぁ、フリーライターとして、大切な時期らしい。ＣＥＯの妻となると、自由を失うだろうから耐えられないときた」

「本当ですか？　だったら誤解を解けば、あるいは――」

仕事が理由であれば、交渉の余地がある。どうにかして話ができさえすれば、彼女を振り向かせることも可能かもしれない。

もっと彼女と一緒にいる時間が欲しいと思ったところで、先日報告に上がった企画のことを思い出す。

「そうだ、この前企画に上がっていたホテルの取材を頼んでみよう」

「なに？　哲司、それを頼んでどうするつもりだ？」

「ルエラ・ホテル・リゾートの取材であれば、引き受けてくれるでしょう。僕も彼女と一緒に行ってサポートをしたいと思います」

「なっ、お前本気なのか？」

「はい、でもパワハラとかセクハラとか言われないように気をつけます。それならいいでしょう」

哲司は静止して、じとっとした目で父親を見た。そしていいことを思いついた、と言わんばかりにニタッと笑うと宣言した。

「父さん、しばらく休暇をいただきますから、僕の代わりをお願いします。父さんの紹介してくれた人ですからね、責任をもって彼女を追いかけます。このまま逃げられてはたまりません」

「哲司！」

哲司は玲奈を追いかけるべく、急ピッチで仕事を片付けると休暇を申請した。ホテルの取材であれば行先は決まっているし、自分が手伝えることも多いだろう。

予想通り、玲奈は仕事を引き受けてくれたようだ。そして最初の行先をパリにしたと聞き、哲司は綿密な予定を立てた。

◇第三章

玲奈は前面にある黒く大きなボードに、次々と航空会社の情報が映し出されていくのを眺めていた。国際空港には今も場内アナウンスが流れている。

『115便の最終案内をいたしております。ご搭乗のお客様は……』

これから乗るフライトのカウンターの場所を確認すると、出発予定時刻の横にはCカウンターとある。

高い天井から降ってくる光を受けて、大きなフロアは全体が輝いていた。Cカウンターを目指して歩くと、自然に心がふわふわと浮き立つ。

海外に行く時は、どこか高揚感がある。もう何度も日本から出国しているのに、毎回楽しみで仕方がない。今回の旅では何を発見できるだろうか。想像を超える体験ができるだろうか。

カウンターに行き混み具合を確認しようとした玲奈は、はっと息を止めた。

隣の航空会社のファーストクラス・カウンターに哲司がいて、チェックインをしている。

——な、なんで、ここにいるの……！

ひぇぇ、と唸《うな》ると被っていた帽子を下ろして、顔が見えないようにする。機内持ち込みにできるギリギリの大きさのキャリーケースを持ったまま、玲奈は思わず回れ右をした。

ドクドクと心臓が痛いほど鳴っている。同じ日に飛行機に乗るなんて思いもしなかった。

それによく見ると、どうやら同じパリ行に乗るようだ。交際をしっかりと断ったのに、今更彼と顔を合わせることなんてできない。

哲司は紺色のピーコートに白のインナーダウンを合わせ、かなりカジュアルな格好をしている。

その姿は、どちらかというとニューヨークで出会った時のように、スマートな雰囲気だった。京都で会った時はスーツ姿だったから、どこか威圧感があった。

玲奈が気をつけながらも時々後ろをチラッと見ると、彼は携帯電話で誰かと話しながら、そのまま奥の方の保安検査場へ歩いていった。

きっと出国審査が終わった先の、ファーストクラスの乗客用のラウンジに行くのだろう。

「はぁー、見つからなくてよかった。まさか出発日が重なるなんて……」

「何がよかったのかな？」

「ヒエッ！」

玲奈が後ろを振り向くと、そこには保安捜査場へ向かったはずの哲司が立っていた。

「哲司さん……」

「また会えて嬉しいよ。もうチェックインした？」

「い、いえ、まだです」

話しかけられ、玲奈はさっきとは違う鼓動の速さを感じてしまう。

ニューヨークで出会った時から、ずっと心に残っていた男性なのだ。惹かれないはずがない。

玲奈が着ていたカーディガンで思わず口元を覆うと、哲司は優しそうな目で見つめてきた。

「玲奈さん、ルエラ・ホテル・リゾートの取材を受けてくれたってね。最初の行先はパリかな？」

「哲司さんもですか？」

「あぁ、君がパリに行くと聞いて、急遽《きゅうきょ》とったチケットだから飛行機会社が違っていたようだね、残念だよ」

哲司がパリに行くと聞いて、ヒクッと顔が引きつってしまう。どうして玲奈の行先が露見したのかわからないけれど、飛行機が違うのは不幸中のなんとかだった。

微笑んで玲奈を見つめる彼の瞳はとても優しくて、こんな時にもかかわらず頬を染めてしまう。

しかし、今回は仕事が絡んでいるから油断できない。玲奈はふーっと息を吸うと、哲司に宣言した。

「哲司さん、私、今回は仕事を引き受けてパリに行くだけですから」

「あぁ、わかっている。せっかくだから、僕も一緒にルエラ・ホテル・リゾートの視察をしようと思っているところだよ」

「え、そ、そうなんですか？」

「これを機会に、玲奈との関係も深めたいと思っているから、よろしく」

「あの、それは……」

まさかホテルのオーナーがついてくるなんて聞いていない。にこやかに話されても、とても困る。ただでさえ好みの顔をした彼に迫られると、とても困る。

「哲司さんは、本来のお仕事が忙しいですよね、こんな海外に行っている暇なんてないですよね？」

「うん、だからリフレッシュするために休暇を取ることにしたんだ。ただ、確かにこれから目を通さないといけない書類があるから、隙間の時間を使って仕事をするよ。もっと一緒にいたいところだけど、申し訳ないが先にラウンジに行かせてもらう」

「は、はいっ。行ってらっしゃいませ」

「パリで行きたいところ、考えておいたよ。ルーブルとか、セーヌ川沿いのカフェでランチもいいね。エッフェル塔で夜景を見るのも素敵だから、二人で一緒に見にいこう」

「あ、ありがとうございます……？」

とりあえず話を合わせておくと、安心したのか哲司は保安検査場に向かっていった。玲奈は彼を見送り、まだ高鳴っている胸の辺りに手を置いた。

「はぁー、やっぱり何度見てもカッコイイ……けど、これはマズイ」

哲司が先に行ってくれたことでホッとする一方で、焦ってしまう。

あの調子では、パリの空港で玲奈を待っているかもしれない。

もしかして取材中はずっと哲司と一緒に過ごさないといけないのかと、業務指示書を見直したけれど、そんなことは何一つ書かれていない。

とにかくヨーロッパで二つ、中近東で一つのホテルに泊まり、記事を書くだけの仕事とある。そうであれば、何も一緒のところに行く必要はない。

ふと目を上げた玲奈は、そこのボードに出ている情報を見て「やった！」と呟いた。

玲奈の予約したフライトにオーバーブッキングが出ているため、キャンセルする人を募集している。

「あのっ、このフライトをキャンセルして、行先変更できますかっ？」

玲奈はスマートフォンの画面を見せて、自分のフライトの予約番号を見せた。

「お客様、どちらへの変更を希望されますか？」

受付カウンターにいる職員が、にっこりと笑顔で対応した。

「あ、パリ行でしたが、えーっと、そうですね、ロンドン行はありますか？」

「はい、少々お待ちください」

女性職員はカタカタと手元の端末に玲奈の予約番号を入力し、すぐに笑顔になった。

「麻生様、三時間後に出発する便にお席がございます。エコノミーではなくビジネスとなりますが、よろしいでしょうか」

「えっ、ビジネスですか？　あの、変更にはいくらかかりますか？」

思わぬ出費になってしまうけど、これも経費で落とすことができないものか。そんなことを考えていると意外な言葉が返ってきた。

「今回は麻生様にお席をお譲りしていただけるので、無料で交換させていただきます」

「わぁ、それは嬉しいです」

「こちらこそ、ご協力ありがとうございます」

ニコリと笑ってまた、カタカタと端末画面に入力していく。

席を譲る形となる玲奈は、飛行機会社からのサービスで無事フライトを変更できた。いくら国際線に乗り慣れた玲奈でも、こんな直前になって変更するのは初めてだった。それも無料で。

――ツいてる！

玲奈は職員に見えないように、ぐっと拳を握ってガッツポーズをする。

さっきは哲司に見つかってしまい焦ったけれど、行先を変更したからもう大丈夫だ。取材であることを伝えれば、ルエラ・ホテルの宿泊予約は大抵なんとかなると聞いている。

飛行機を変更した内容が印字された紙を渡された玲奈は、ご機嫌になって受け取った。

「麻生様、チェックインのお荷物はよろしいですか？」

「はい、大丈夫です。機内持ち込みにします」

今回は長旅になるけれど、必要なものは現地で調達すればいい。

行先は名だたる都市ばかりだから、きっとなんとかなる。それよりも、今みたいな時に備えて身軽にしておかないといけない。

――でも、どうして哲司さんに見つかったんだろう。大変なことになっちゃった……

玲奈はスマートフォンを取り出すと、都市一覧を見てはぁ、と息を吐いた。

これから、ヨーロッパと中近東にあるルエラ・ホテル・リゾートに滞在して記事を書かなくてはいけない。

もう少ししたら保安検査場に向かおう。

パスポートを握りしめた玲奈は颯爽《さっそう》と歩き出した。

◇

『なにっ？　彼女はまだホテルに到着していないのか？』

『はい、まだこちらには来られていません』

彼女が旅慣れているとはいえ、女性の一人旅だ。いくらフライトが違うといっても、やはり空港で待ち合わせるべきだった。

パリのシャルル・ド・ゴール空港に到着してから、ハイヤーでパリ・ルエラ・ホテルへ移動する途中でフロントに確認すると、玲奈は今夜泊まる予定をキャンセルしたという。

哲司は額に手を当て、はあっとため息をついた。

いくら機内で仮眠をとることができたといっても、時差による疲れが残っている。玲奈がいなくてはパリの計画が台無しになるが、彼女の無事を確認する方が先だろう。

『では、他のルエラ・ホテルを確認してくれ』

『わかりました』

まさか、当日のフライトを変更されるとは思いもしなかった。

自分がパリ行の飛行機に乗ることを知った直後に行先を変えるなど、想像を超えている。

――玲奈、君って人は本当に大胆だな。僕の前からまた消えるなんて……

頭が痛い。これはもう、本気で逃げられたのだろうか。だが、そうであればこちらも本気で追いかけるだけだ。

ニューヨークの時もシンガポールの時も、するりと逃げられた。すぐに追いかければよかったのに、行動しなかった自分を悔いていた。

大胆に、思い切ったことをしてみたら？　とアドバイスしたのは彼女の方だから、哲司は大胆な決断を下すことにした。

するとお腹の底からおかしさが込み上げてきて、哲司はくっと口角を上げて笑った。

――驚かされてばかりだよ、君には。たまらないな、こうなったら本気で追いかけないと。

髪をかき上げると哲司は眼を獣のように光らせた。フライト変更はかえって哲司のやる気に火をつける結果となってしまったことを――玲奈はまだ知らない。

◇

流石に十三時間も飛行機に乗っていると疲れが出る。

まだ夕方になるかならないか、といった時刻にロンドンに到着した玲奈は、さっそくロンドン・ルエラ・ホテルへ移動して部屋に入り、荷物を置いた。

「疲れた〜、けど、ここで寝ちゃうと時差に慣れないのよね」

早くヨーロッパの時刻に身体を馴染《なじ》ませようと、玲奈はホテルの周辺を歩くことにした。

ここはロンドンの中心地から少し離れた、緑の多い公園の傍にあるホテル街。

伝統的な建物を活用している高級ホテルが多く、それらを外側から見て歩くと時代を飛び越えたような感覚になる。

伝統的なホテルは重厚な雰囲気を出すことができるが、やはり設備としては快適さを追求しにくい。エレベーター一つとっても、ポーターと客が二人も乗るとそれだけでいっぱいになる狭さだ。

さらに、排水管や水道設備も細い管しかなく、高層階になればなるほどお湯が出にくいなどの難点がある。

だがロンドン・ルエラ・ホテルは両方の長所を取り入れた宿を目指しているようだ。伝統的な雰囲気を大切にしながらも、近代技術による快適性は損なわない。

そのコンセプトは現代の旅行者や、ビジネスで訪れる人たちのニーズにとても合っているように思い、今回のロンドンの記事にはそのことを書こうと決めた。

ホテルの周辺にも、何か記事になりそうなことがあるかもしれない。公園内や周辺を歩き始めると喉の渇きを覚え、大通り沿いにブリティッシュ・パブの看板を見つけた。

やはり、イギリスといえばエールが有名だ。

「ちょっと勇気がいるけど、入ってみようかな……」

時刻は既に夕食の時間となっていた。ロンドンの冬の日没は早く、すっかり暗くなった通りにパブから漏《も》れてくる光が眩しい。

玲奈は光に吸い寄せられるようにそこに入った。

『エールをワン・パイントで』

少し大きめのジョッキで頼むと、冷えた飲み物がすぐに届けられる。カウンターで立ったまま、料金とチップをすぐにウェイターに渡した。

寒い時期に冷えたエールなんて、と思うけど、やっぱりロンドンのパブでは欠かせない。

ぐいっと飲み始めると、それを見ていた男性が二人、お互いに目配せをして玲奈に近づいた。

『ハイ、一人で来たの？』

『ロンドンは初めて？』

どうやら、玲奈がただの観光客だと思って声をかけてきたようだ。背が高い二人は、お世辞にもいい顔をしているとは言えない。

アジア系の女性であれば、すぐに「乗れる」と思って声をかける男はどこにでもいる。

『うーん、仕事で来たの。悪いけど、一人で飲みたい気分なんだ』

アメリカ仕込みの英語を話すと、二人は一瞬驚いた顔をしたが、かえって付きまとい始めた。

『そのアメリカン・イングリッシュはどこで学んだの？』

『仕事って、何をしているの？』

玲奈が英語を理解できると判断した二人は、今度は早口で畳みかけるように話しかけてくる。しかも両側に立たれてしまった。旅慣れているとはいえ、この状況は流石に怖い。

『あの、もう帰るわ』

『なんだよ、まだエールが残っているよ』

『どうせ一人だろ、俺たちが相手してやるよ』

ちょっと油断しすぎたようだ。大柄な二人に挟まれると途端に心細くなってくる。

パブにいる人たちも、玲奈と二人の男たちが知り合いだと思っているようで、助けを求めるにも誰に声をかけていいかわからない。

どうしよう――と思ったところで低い声が聞こえてきた。

『俺の女に手を出すな』

どこかで聞いたことのある懐《なつ》かしいセリフが、流暢《りゅうちょう》なブリティッシュ・イングリッシュで聞こえてくる。怒りを含む低い声で威嚇《いかく》しながら男の肩に手を置いて睨んでいるのは――

「哲司さん？」

「あぁ、玲奈、待たせたな」

哲司は玲奈と目を合わせたかと思うと、すぐに男の方を向いて再び睨みつける。

『俺の可愛い彼女に何か用か？』

男たちは嫌そうな顔をすると、舌打ちをして肩をすぼめた。

二人に負けないほどに背が高く、只者ではない雰囲気で流暢《りゅうちょう》な英語を話す哲司にどうやら二人は怯《ひる》んだようだ。

『チッ、男連れかよ……』

男たちはさっさとその場を離れていく。残った哲司は玲奈の隣に立って彼らが店を出ていく様子を見ていた。

「全く、君はこんな店に一人で入るなんて」

はぁ、とため息をついて玲奈を見た哲司は、少し呆れた声で話し始めた。

「もう少し慎重に行動しないと。今も、僕が間に合わなかったらどうなったことか」

「ごめんなさい」

「いいかい、君はとても魅力的で綺麗で可愛い女性だ」

「え？　どうしたの、哲司さん？」

盛大なお世辞に若干引く玲奈をよそに、哲司はホッとしたとばかりに浅く息を吐いた。

「……玲奈さん。とにかく追いつけてよかった」

ボソッと呟いた哲司がエールを頼むと、冷えたジョッキがすぐに届けられる。

すると一気に半分ほど飲み干してしまう。次にお腹がすいたと言って哲司がフィッシュ＆チップスを頼むと、皿に盛りつけられて二人の前に届けられた。

「このフィッシュはなかなか美味しいぞ。うん、油がべたついていない」

「わっ、ほんとだ！　中身がふわっとしている」

なんの気なしに入ったパブだったが、料理はどうやら当たりだった。

イギリスの料理は美味しくないと評する人もいるが、そんなことはない。

冷えたエールとチップスでお腹が満ちると、どうやら哲司の気分も落ち着いてきたようだ。

「哲司さん、まだホテルにチェックインしてなかったの？」

「あぁ、君の居場所を確認したら、この辺りだろうって」

哲司はホテルに着いたその足で玲奈を捜したらしい。たまたま目にしたパブに君がいてよかった、と本気で心配された。

「さっきは本当にありがとうございました」

「いや、いいよ。こうして無事に会えたことだし」

「は、はは。今頃ちょっと、怖くなってきちゃった」

ちょうど料理もあらかた食べ終わっている。立ち話を続けるよりもホテルのロビーで話そうと表に出ると、急に冷たい風が身体に当たった。

「さっ、寒いっ！」

「そうだな、ホテルまで歩けるか？」

「はい、大丈夫です」

じゃ、行こうと言った哲司は、玲奈の前に立ち風を受けて歩いていく。

短い距離だと知っているけれど、玲奈は哲司の気配りが嬉しかった。

——よかった、哲司さんが来てくれて。

彼の広い背中が壁のようになっているおかげで、幾分か寒さも和《やわ》らいでいる。

玲奈は自分の中に暖かい感情が灯り始めていることに気がついた。彼は、一度は身体を繋げる行為をした相手であり、今も玲奈に好意を持って接してくれている。

仕事をするために来たのに、哲司に会うとどこか浮ついてしまう。

けれど、そう思うのもきっと怖いところを助けてくれたからに違いない。玲奈は恋愛より仕事だと自分に言い聞かせると、キュッと口を結び直した。

ホテルに到着した二人は、温かい飲み物を頼もうとホテルのロビーにあるカフェに立ち寄った。行き交う人々の喧騒の中で向き合うように座ると、ウェイターが注文を取りに来る。

「紅茶でいいかな」

「はい、私はアールグレイをお願いします」

「では、スリランカのキャンディ産がいいかな」

哲司はウェイターに問いかけた。

『君、用意できる？』

『はい、只今』

温かい飲み物の注文を終えた哲司は改めて玲奈に向き合って座り、長い足を組んだ。眼差しは優しく、玲奈を包み込んでくれるようだ。

「どう、落ち着いた？」

「はい。あの、本当にご迷惑をおかけしました」

「いや、君のことは何も迷惑なんかじゃないよ」

思わずトクリ、と胸が高鳴るのを感じる。玲奈のピンチの時に颯爽《さっそう》と駆けつけてきてくれた、王子様のような哲司。

こんな美青年に甘い視線で囁《ささや》かれて、胸が高鳴らない女性がいたら、その方がおかしいに違いない。

けれど決して哲司のことを好きになったわけではないと、玲奈は自分に言い聞かせた。

今、大切な仕事を目の前にして恋愛にかまけている暇はない。なんとしてもやり遂げて、ライターとして一人前であることを証明したい。

ふーっと息を吐いたところで、ウェイターが紅茶を運んできて二人の前に置いた。一口含むと、アールグレイのベルガモットの香りが玲奈を落ち着かせてくれる。

「わぁ、香りが深いですね」

「やっぱり、ロンドンで飲むと味が違うな」

一息ついたところで、玲奈は今更と思いつつも哲司に聞かずにはいられなかった。

「あの、哲司さんはパリに行ったはずでしたよね」

「あぁ、パリに行った。そして君がロンドンに行ったと気がついたから、ユーロスターに乗ってきたところだよ」

「え！」

「本当に玲奈さん。君は僕のスケジュールを全て……っと、これはまぁいいけど」

哲司はカップを持ち換えると、気持ちを切り替えるようにそれを飲んだ。

確かに、パリとロンドンを結ぶユーロスターなら二時間弱しかかからない。とはいっても、相当な勇気を持って判断しなければ、こんな時刻にロンドンに到着することはできないだろう。

玲奈は今更ながら、目の前にいる哲司が並々ならぬ決意で自分を追っていることを感じて身震いした。

「あの、哲司さん。私、ロンドンには仕事できたけど、哲司さんはどうして？」

「僕？　僕は単に休暇をとって、君を追いかけただけだよ」

思わずぐっと喉を詰まらせてしまう。簡単なことのように哲司は言うけれど、そんなことを海外でされるとは思いもしなかった。

それでも哲司はルエラ・ホテル・リゾートのＣＥＯだ。「今回の依頼内容を確認したい」と仕事の話を聞かれると、答えないわけにはいかなかった。

「では、君は三つのホテルへ行くように言われたんだね」

「はい、ヨーロッパで二つ、中近東で一つと言われています」

「そうか」

「でも、哲司さんはどうして私を追いかけるなんて」

問いかけると、急に射るような視線を向けた哲司が玲奈に宣言した。

「僕は玲奈さんを、本気で口説きたいと思っている」

告白ともとれる言葉を聞いて、動揺した玲奈は手に持っていたカップをカチャリと音を立てて置いた。

「あ、あの、口説くって、誰が、誰を？」

「僕が、玲奈さんを。……だから、なるべく君と一緒にいたい」

「えっ、それは……お断りしてもいいですか？」

哲司のような魅力的な男性が近くにいては、仕事に集中できるとは思えない。

それに同じホテルに泊まると、そうした雰囲気になって流されてしまわないだろうか。一度はセックスを経験した二人だから、もう一度と言われたら拒《こば》みきれる自信がない。

玲奈の不安を察したのか、哲司は真剣な顔つきになって話し始めた。

「玲奈さん、僕はニューヨークで急ぎすぎたと思って反省している。だから君にアプローチするといっても、君の部屋には入らない。それに取材の邪魔をするつもりはないよ。僕も仕事が入る可能性があるから、一緒にいるといっても紳士であると誓う」

「は、はぁ……」

玲奈が安心したように息を吐くと、哲司は顔をほころばせた。

「まぁ、とりあえず今日は温まろう。君もロンドンに来たばかりだ」

「え、えぇ。いただきます」

紅茶を飲み終えた後は、「もう休もう」という哲司の言葉に従って立ち上がった。

受付に向かって歩いた哲司はチェックインすると、「時差があるから早く休んだ方がいいよ」と言って自室に向かう。

彼の背中を見ていると、なんだか甘酸っぱい思いが込み上げてくる。あんなにも強い言葉で、男性から好意を示されたことはこれまでなかった。

始まりはワンナイトだったけど、今は紳士であろうとしていることも嬉しい。

酔いだけではない頬の火照《ほて》りを冷やすかのように頬を両手でパンと叩くと、玲奈も早足で部屋に向かった。


翌朝、温かいスクランブルエッグに、ベーコンや焼いたトマトが一皿にのったイングリッシュ・ブレックファストを堪能《たんのう》しつつ、玲奈は向かいに座る哲司を見た。

今日の哲司は少しフォーマルな服装をしている。濃い色のスラックスと同色のジャケットを、白いタートルネックの上に羽織っている。

朝から爽《さわ》やかな笑顔の彼は夕べとは違って機嫌がいい。朝から今日一日をどう過ごそうかと提案してくる。

昨夜は一緒にいることを断ったはずなのに、どうして今こうして一緒に朝食を食べているのか。心の中でふぅとため息をついたものの、朝食が提供されるレストランに入った途端、ウェイターに案内された先に哲司が待っていたのだから仕方がない。

哲司を見て回れ右をしたかったけれど、目が合った後でそれをするのも大人げない。渋々といった体《てい》でテーブルに着くと哲司は終始にこやかに話しかけてきた。

めげない人だな、と感心する。

「玲奈さん、ロンドンは何回目なのかな？」

「えーっと、高校生の時に修学旅行できたから、それを入れると三回目かな」

「三回目か……そうすると主な観光地は行ったことがありそうだね」

「そうですね、大英博物館とか、トラファルガー広場はもう行きました」

「そうか、では今日は僕に任せてほしい」

「はい？」

一緒に過ごすことが当たり前のように誘ってくるけれど、了承したつもりはない。

失礼だと思いつつも、ここではっきりとした態度を見せておこうと、玲奈はわざと冷たい口調で哲司に言った。

「昨日、一緒に過ごすのはお断りしました、よね？」

「うん、だがこれはホテル・オーナーとしての案内だから、記事を書く上で役立ててほしい」

冷たく断る玲奈も玲奈だが、哲司も諦めないで弱いところを突いてくる。

ホテルのオーナーと言われると、断ることはできない。仕方がないとばかりにはぁ、と息を吐いた玲奈は顎を上げてキリっとした顔を見せた。

「オーナーとしての案内でしたら、わかりました。仕事として、午前中だけはお付き合いします。午後は少し籠《こも》って書きたいので午前中だけですよ？」

「わかった、そうしよう」

哲司はくっと口角を上げて薄く笑うと、黒豹が狙いを定めた獲物にじりじりと近寄るように目を細めた。

玲奈はゾクッとした悪寒を背筋に感じるが、もう断ることはできない。準備してきます、と部屋に戻る玲奈の足取りは重かった。


哲司が玲奈を初めに案内したのは、なんと近現代美術館のテート・モダンだ。

「なんていうか……ここ、面白いですね」

「そうだろう？　ロンドンは歴史もあるけど、こうした現代アートの先端だとも思うんだよね」

ここには絵画というよりは、立体的な彫像がたくさん置いてある。東京で見たことのある、蜘蛛《くも》の彫像もあった。

「凄い、これで入場無料だなんて」

「うん、観光資源にもなるのに、それ以上に芸術を大切にしているのがよくわかるよね」

「ほんと、これも記事に書けるかな」

玲奈がボソッと呟くと、哲司は嬉しそうに目を細める。博物館の展示は驚くほど充実していて、イデオロギーの違いによる芸術の面白さを味わった。

博物館を出た二人は、地下鉄の駅に向かって歩いていく。

テート・モダンの先にはテムズ川を渡る歩道橋がかかっている。ミレニアム・ブリッジと名付けられた橋は、セント・ポール大聖堂へ向けてまっすぐ伸びていた。

「よかった、君の仕事の参考になるといいなと思ったんだ」

「哲司さん……」

まさか、彼が仕事のことをここまで気遣ってくれるとは思わなかった。どことなくくすぐったい感じがして胸が温かくなる。

お見合いのことがずっと気になっていた玲奈は、それを聞くチャンスだと思い、歩きながら哲司の方を向いた。

「哲司さんは……お見合いの返事を聞いていますよね」

「うん、聞いているよ」

「それなら、気分を悪くされているんじゃないですか？」

「え、どうして？」

「だって、私はお断りしたわけですから」

少し声が小さくなってしまう。少なくとも玲奈は一度、哲司を拒否している。

普通ならそんな相手とわざわざ一緒にいたいと思わないだろう。けれど彼は断られたことを気にするそぶりを見せずに、果敢《かかん》にロンドンまで追いかけてきた。

一歩間違えればストーカー行為になりかねないけれど、玲奈が本気で嫌がることはしていない。

それに、彼の今回の行動は、紹介文を書くライターへのオーナーとしての気配りの範疇《はんちゅう》と言えなくもない。

「確かに、父からは君が仕事を優先したくて断ったと聞いている」

「はい、勝堂会長にはそう伝えました。だから」

「だったら、僕の話も聞いてほしい」

哲司はまっすぐに玲奈を見つめると、いつになく深刻な表情を浮かべた。

「お見合いの返事を聞いて、確かに落ち込んだよ」

「えっ」

「えっ、って。気持ちを正直に伝えたつもりだったけど、もしかして伝わっていなかった？」

「い、いえ。まぁ、哲司さんが私のことを……って、でもそれは自意識過剰かなって」

「……昨日も言ったけど、君は自分に対する認識を変えた方がいい。玲奈さんは十分、魅力的な女性だから」

「は、はぁ」

「それに僕は、妻になる人が仕事を続けたいのであれば、それでも構わないと思っている」

「それは……」

お見合いを断ったのは、仕事を続けていきたいからだ。

その先の夢もあるし、結婚なんて考える余裕はない。それに哲司は仕事を続けることを理解すると言うけれど、玲奈の仕事は出張も多いし、土日も休みとは限らない。

そんな状況をわかって言っているのだろうか。

二人で橋の上をゆっくりと歩いていると、ちょうど中央の辺りで哲司が立ち止まった。振り返って玲奈を見つめる視線が、それまでになく熱いものに変わっている。

「麻生玲奈さん。君のことがずっと忘れられなかった。ブルックリン橋で会った時の君の泣き顔があまりにも美しくて、心を奪われた。その後も君の笑顔と言葉に救われた思いがして……それ以来、ずっと捜していた」

「そんなに私のこと、を……」

「君の姿をシンガポールで見た時は、心臓が止まるかと思ったよ。これは運命の出会いに違いないって」

そんなことを言われるとぐらついてしまう。今は結婚を考えられる時じゃない、そう思う一方でこんなに素敵な人と出会えることも、人生で滅多《めった》にない。

玲奈の瞳が揺らいだのを感じ取ったのか、哲司は向き直って玲奈の正面に立った。

「玲奈さん、君が好きだ」

哲司のまっすぐな眼差しが、玲奈の心臓を打ち抜くように突き刺さってくる。

突然の告白にたじろぎ、玲奈は視線を泳がせた。

「……でも、私は」

「玲奈さんの気持ちが、今は僕に向いていないのはわかる。だから……ゆっくりでいい」

風が出てきて、テムズ川の湿気を含んだ風が冷たく頬に当たる。哲司は自分の首に巻いていたマフラーを取ると、玲奈の首にふわりとかけた。

「寒くなってきたね。男物で悪いけどこれを使ってほしい。僕は大丈夫だから」

「でも、これだと哲司さんが寒くなっちゃう」

「じゃ、君の手を貸して」

哲司は片方の手をスッと出し、玲奈の手をとった。そして自分のトレンチコートのポケットに入れてしまう。

「これで、僕の手もあったかい」

片方の手を繋ぎながら、橋を渡る。気持ちが定まらないままの玲奈は、何も話すことができなくなった。聞こえてくるのは自分の高鳴る胸の鼓動だけだ。

今自分の手を握りしめる哲司の大きな手は、一度は玲奈の身体に触れた手だ。

あの時の感触を思い出すと、一層鼓動が速くなる。忘れようとしたはずなのに、あの時の嬉しかった気持ちも鮮明に思い出し、玲奈は哲司の顔を見ることができなくなった。

隣を歩く哲司はそのことを気にも留めず、ゆっくりと玲奈に歩幅を合わせている。彼のくれる温《ぬく》もりがただ、心地よかった。

「やっぱり、このままじゃまた流されちゃう」

ホテルに戻り、ロンドン・ルエラ・ホテルの記事を書きながら玲奈は頭を抱えた。揺れている。確実に自分の気持ちが揺れている。

昨夜は危ないところを助けてもらって、気持ちがぐらりと揺れた。今日はライターとしての仕事を尊重してもらった。

強すぎず、かといって弱くない押し具合に、気持ちがぐらぐらと揺れている。

それでもまずは目前にある仕事を終わらせようと、なんとか気持ちを切り替えてパソコンに向かった玲奈は、紹介文を書き始めてふと気がついた。

イギリスと言えば、やっぱりアフタヌーンティーだ。

時計を見ると、ちょうど針が午後三時を指している。ホテルにあるレストランがアフタヌーンティーを提供しているのは確認済みだ。

予約はしていないけれど、記事を書くためと説明すれば注文できるに違いない。

グランドフロアに下りると、ちょうどそこで哲司がホテルの支配人らしき人と話をしているのが見える。邪魔にならないように扉の陰に隠れて様子を窺っていたところ、彼は丁寧に話を聞きながらも何かを指摘する仕草をして奥の方へ行ってしまった。

やはり、彼はこのルエラ・ホテル・リゾートのトップなのだ。視察を兼ねると言っていたから、きっと午後の時間をそれに充《あ》てたのだろう。

「やっぱり、忙しい人じゃない……」

昨夜は、玲奈となるべく一緒にいたいと言っていたけれど。とにかく今は、頭を切り替えて取材をしよう。

そうして玲奈は、伝統的な形を超えた、モダンなアフタヌーンティーを提供しているというメイン・ダイニング・レストランに向かった。


「凄いっ、かわいいっ！」

モダンなアフタヌーンティー、と書かれているだけのことはある。一段目はサンドイッチ、二段目はスコーン、そして三段目はスイーツという基本形を守りつつも、ところどころに工夫が施されていた。

サンドイッチのパンはクロワッサンで、チーズときゅうりとトマトがふんだんに使われている。なんでもきゅうりは、かつてイギリスでは栽培することが難しく、高級な野菜のイメージがあるようだ。

トマトと一緒に頬張ると、口の中でシャキシャキと音がする。

スコーンもバターがたっぷり使われていて、しっとりとした食感がある。さらにスモークサーモンのキッシュが添えられ、これも美味しい。

正直なところ、この二段だけでお腹いっぱいになる。けれど、やはり一番魅惑的なのは三段目。

スイーツはピンクやオレンジといった彩《いろど》りが豊かなマカロンと、真っ赤なベリームース、果物はマンゴーが添えてある。まさに色の宝石箱だ。

だが二人前からの提供なのでどうしても量が多い。これを一人で全部食べてしまうと夕食は食べられないな、と考えていると低い声が聞こえる。

もしかして、と振り返ると、そこにはやっぱり哲司が眉根を寄せて立っていた。

「ひどいじゃないか、アフタヌーンティーに誘ってくれないなんて」

「いえ、忙しそうにされていましたので」

「玲奈さんが僕の優先順位の一番だから、遠慮しないでほしい」

「は、はい」

そうしてすぐに椅子を引き、当たり前のごとく玲奈の隣に座る。円形のテーブルなので、ちょうど真ん中にある三段構えのスタンドを見る形だ。

「どう？　ここのアフタヌーンティーは」

「はひ、とっても美味しいです」

つい声が裏返る。この人はどうして一人では寂しいな、と思うと現れるのだろうか。

ただ、やっぱり一人より二人の方が断然美味しい。

「そうか、それはよかった。次は、このマカロンはどう？」

「あ、それも美味しそうですね」

「はい、では、あーんして」

「へっ？」

「あーん」

哲司はマカロンを指でつまむと、玲奈の口元まで持ってきた。目の前に差し出され、思わず口を開けてしまうとそこにポイッとマカロンを入れられた。

「ん、おいひい」

ちょっと甘味が強いけれど、さっくりとした食感が口の中に広がる。サーブされているダージリン・ティーを飲むと、口の中は爽《さわ》やかになった。

「よかった。玲奈さんは本当に可愛いな。目が離せなくなるよ」

屈託ない笑顔で笑う哲司に、玲奈は耳元が熱くなっていく。

この人は、いい年をして何をしてくるのか！　と文句を言いたいけれど、ニコニコと笑顔でいる哲司を見ていると、その思いも溶けていく。

「もう大丈夫です」

「なんだ、残念」

そう言いながら、さらに食べさせようとして持っていたマカロンを、哲司は自分の口の中に放り込んだ。

「ん、これは甘いな……」

「ほんと、甘いですよね。……誰かさんほどじゃないけど」

「んんっ、んぐっ」

つい口が滑《すべ》って冗談を言ったら、哲司は喉を詰まらせてしまう。グラスに入った水を飲んで、一息ついた彼は驚きながらも嬉しそうに玲奈を見つめた。

「玲奈さんにとって甘いのは、僕のことかな？」

「さぁ、それは秘密です」

いつも哲司には動揺させられっぱなしだ。玲奈はちょっとやり返せたことが嬉しくて、にたりと笑った。

「哲司さんも、あーん、してくれますか？」

「それは……なかなか恥ずかしいな」

「さっきは私にした人が何言っているんですか。ダメですよ、はい、あーん」

言葉につられ口を開けた哲司に、玲奈はマカロンを差し出した。

「ん、美味しい」

指まで舐めそうな勢いでマカロンを口に含むと、哲司は甘ったるい目をして玲奈を見つめた。

ペロリと赤い舌で唇を舐める仕草がやけに色っぽい。気をよくしたのか、哲司は再びねだるような声を出した。

「もう一つ、あーん」

「何言ってるんですか、もうしません！」

甘えるなとばかりに突っぱねた玲奈を見て、哲司が「まさにツンデレだな……」と呟いた声は、幸いにも玲奈に届くことはなかった。

結局、夕べは参考になるから夜景を見にいこうとロンドン・アイに連れていかれ、ライトアップされたビック・ベンを見にいった。

日本では六人しか乗れない観覧車と違って、ロンドン・アイは乗車定員も多い。

夜の観覧車に二人きりとなることもなく、余計なドキドキもなく純粋に綺麗な夜景を堪能《たんのう》できた。

テムズ川沿いを散歩して帰った際、改めて哲司の紳士で真面目な態度に感動を覚えたほどだ。

「ダメダメ、哲司さんがどうあっても、私は私だから……」

彼に惹かれるけれど、自分は仕事の上ではまだ一人前と言えない。

館内を見返すためにもこの仕事をしっかりと書き上げて、次の仕事に繋げたい。

早朝にセットしていたアラームを切った玲奈は身支度を始めた。

——ここで流されるわけにはいかない。哲司さんは偶然の出会いに酔っているだけよ……

確かに運命のようだけど、ロマンスだけでは人生を決められない。館内に裏切られた過去の傷が時折疼《うず》き、どうしても恋愛には臆病になってしまう。

だから哲司の熱烈なアプローチを真正面から受けると、どうしていいのかわからなくなる。

恋人は裏切ることがあるけど、仕事の結果は自分を裏切らない。

——やっぱり、もっと仕事に集中したい。

手元にはインターネットで予約したばかりのローマ行のチケットがある。早朝にホテルを出てタクシーに乗れば、哲司に気づかれることなくロンドンから離れることができる。

ヨーロッパにあるルエラ・ホテルは、パリを除けばあと三つ。ローマ、ウィーン、モナコだ。パリは不慣れな上に、哲司がやけに詳しそうだから避けた方がいいだろう。

彼のことだから、どこかで調べて玲奈がローマに向かうことを嗅《か》ぎつけるかもしれない。

だが、玲奈には彼から逃げるための秘策があった。それにはまずローマ行の飛行機に乗る必要がある。

早朝のタクシーを捕まえると、玲奈は空港を目指した。次の目的地を悟られないように、まだルエラ・ホテルに予約はしていない。

ドキドキと脈打つ胸を押さえながら、玲奈は海外でこんな旅をすることを改めて不思議に思う。いくら旅慣れているにしても、追いかけられて移動する海外旅行は初めてだった。

次の目的地に向けて、玲奈は自分に気合を入れ直すように頬をパンパンと二回叩いた。

◇

夕べは遅くまで外出していたから、きっと朝はゆっくり過ごしたいだろう。そう気遣って朝食を食べに来ない玲奈を無理に呼ぶことはしなかったが、まさか既にチェックアウトしているとは思わなかった。

「なにっ？　もう空港に向かうタクシーに乗っている？」

フロントには玲奈の動向を確認するように伝えておいたが、連絡が今になって届いた。まさか彼女が早朝に自分を出し抜くように出発していたとは。

「全く、彼女は本当に僕の予想通りにいかないな」

猫のようにしなやかで自由気ままに振る舞うかと思うと、時には甘えるように目を潤《うる》ませる。

本当は夜も一緒に過ごしたいけれど、関係を急ぎすぎて逃げられたニューヨークのことを思い出し、ここはぐっと我慢と哲司は自分に言い聞かせていた。

今焦って動いては見失いかねない。

玲奈の業務内容はルエラ・ホテルを記事にすることだから、必ずどこかに宿泊するはずだ。さらにヨーロッパにあるルエラ・ホテルをもう一つ選び宿泊しないと記事は書けない。

ヨーロッパの地図を思い浮かべ、点在するルエラ・ホテルを確認する。

可能性があるのは四つの都市だが、玲奈は哲司がパリに詳しいことは既に知っている。——そこは避けるに違いない。

で、あれば。ローマ、ウィーン、モナコ。玲奈が行くとしたらどこだろう。

ウィンター・シーズンの今、見所があるとしたらやはりローマか。哲司はすぐに飛行機のチケットをとるために、ノートパソコンを開いた。

ロンドンのヒースロー空港を出発して約三時間、ローマのフィウチミーノ空港に到着する。哲司はすぐに空港からローマ・ルエラ・ホテルに移動した。街中はウィンター・シーズンの飾りつけが盛況で、賑やかさに溢れている。軒下《のきした》に飾られた星形のイルミネーションが眩しい。

ローマのルエラ・ホテルの支配人を呼び出して、宿泊客のリストを確認する。だが、玲奈の名前はそこになかった。

『ここには来ていないのか』

玲奈であれば、歴史的な建造物の多いローマを気に入ると思っていたが、どうやら違っていたようだ。ホテル支配人に、もし玲奈らしき人物が来たらすぐに連絡を入れるように伝え、その足で空港へ引き返す。

「参ったな……こうなったら全部確認するか」

何も直接行かなくても電話で問い合わせれば済む話かもしれないが、玲奈は到着する直前まで予約しないだろう。そうなると一番手っ取り早いのは現地のホテルに行くことだ。

ここ、ローマからであれば、ウィーンとモナコなら……モナコの方が近い。

モナコ公国に行くにはフランスのニースに行き、そこから移動することになる。シェンゲン協定内だからいくらパスポートコントロールがないといっても、日に何度も国際線に乗るのは流石に初めてだ。

インターネットで可能なフライトを探すと、午後二時に出発する便が見つかった。

ローマの空港であれば飛行機会社のカウンターくらいある。直前だから航空会社から直接購入する方が、代理店を通すよりも確実だ。

哲司はホテルのハイヤーに乗り込むと、はぁっと大きくため息をついた。

ローマから一時間ちょっとのフライトでフランスのニースの空港に降り立つと、冬とはいっても温かい気温で、コートを脱いで片手に持ち直した。

ロンドンとは違い地中海沿岸のニースは、かつてヨーロッパの王侯貴族が冬の避寒地として訪れていたような土地だから、冬でも温かくて過ごしやすい。

ニースからモナコ公国に行くのに一番早い方法はヘリコプターだ。朧《おぼろ》気《げ》な記憶を頼りに、コンパクトにまとめた荷物を持った哲司は早速空港内のヘリコプター会社のブースへ向かう。

こうなったら時間を買う勢いで哲司はヘリコプターをチャーターした。電車や車であれば四十分かかるところを、ヘリコプターであれば十分もかけずに到着できる。

小さな手荷物を一つ持っただけの哲司は、手荷物検査もすぐに通過して発着場へ行った。

そしていざ、これから乗るヘリコプターを見ると、まるでスパイ映画に出ているような感覚になる。

こんなにも行先を自由に決めながら旅をするのは初めてだ。今朝起きた時は、まさか自分がニースに来てヘリコプターに乗ることになるなど思いもしなかった。

「やればできるものだな」

普段は仕事のスケジュールに追われ、常に秘書が傍にいる。今回は休暇だから飛行機のチケットを取ることやハイヤーの手配まで全て自分で行っている。

まるで学生時代に戻ったようだ。あの頃は今ほど自由になるお金はなかったが、それなりに時間の自由があった。もっと冒険しておけばよかったと何度思ったことか。

その冒険を、今、この年になってしている。それもロンドンで捕まえたと思った玲奈が、今朝またするりと逃げ出してしまったからだ。

――玲奈には振り回されてばかりだな……

これまで何人かの女性と付き合ったが、追いかけられるのは哲司の方で、これほど必死になって追いかけたことはない。

「待っていろよ、玲奈さん」

彼女といると本当に退屈しない。ツンとしているかと思えば、甘えてくる瞬間が愛おしい。思いがけない彼女の行動に心が弾むようだ。彼女と人生を共に過ごすことができれば、きっと何倍も楽しくなるに違いない――

バタバタバタバタと爆音を響かせて飛び立つヘリコプターの中で、目に入り込んでくる紺碧《こんぺき》の海を眺め、哲司は改めて玲奈を人生の伴侶にすると心に決めた。

玲奈のためであれば、ある程度の仕事など犠牲《ぎせい》にしても構わない。

目前に広がる大海原が、哲司を迎えていた。

『ここにもいないのか？』

ヘリポートに降り立つとすぐにモナコ・ルエラ・ホテル・リゾートに来たけれど、そこに玲奈はいなかった。モナコはカジノとプールとハイ・ブランドのショッピング目当てに富豪が集まるリゾート地だ。

玲奈の関心がなさそうなことは考えればすぐにわかるのに、単に距離と時間だけで決めてしまっていた。

「合理的なだけでは、ダメなのに……」

多様な企業体の集まりとなっている勝堂ホールディングスをまとめていくには、合理性だけでは足りない。

わかっていたはずなのに、ここでも哲司の堅い性格が裏目に出たようだ。

恋愛事もそれとどこか似ている。こうして仕事を犠牲《ぎせい》にしてでも玲奈を追いかける哲司は、全くもって合理的ではない。そう、もっと彼女を知って追いかける必要がある。

「行こう、ウィーンだ」

ロンドンからローマ、そしてニースを経由してモナコまでやって来た。残るヨーロッパの都市はウィーンで、ニースからなら二時間程度のフライトのはずだ。

冬のウィーンは寒い。到着するのは夜になるから、雪が降っている可能性もある。このままモナコに滞在したいところだが、今優先するのは玲奈だ。

きっと玲奈に会えばすぐに心が温まる。できれば彼女を抱きしめて眠りたいけれど……それこそ急ぎすぎだろう。

ニューヨークの極上な一夜は夢のようだったが、段階を踏まずに飛び越えたために玲奈は頑《かたく》なになっている。

彼女の心を溶かすには、時間をかけて哲司の愛を示す必要がある。それにはやはり、直接顔を見て一緒に過ごすことが大切だ。

哲司は腰を落ち着ける暇もなく、ウィーンの空港を目指して移動した。

◇

早朝にロンドンのホテルを出た玲奈は、そのまま空港でローマ行の飛行機に乗った。二時間半ほどのフライトは快適で、揺れも少なく着陸する。

ちょうどお昼の時間にローマに到着した玲奈は、空港内にあるカフェでパニーニを見かけた。ホットサンドイッチに似ているが、波状の模様がついていてチーズがとろりと溶け出している。

カプチーノを一緒に買った玲奈は、大きな口を開けてぱくりと食べた。もう、これだけでローマに来てよかったと思う。

「んんっ、美味しい！」

海外に行く機会の多い玲奈の楽しみの一つは、ご当地のチョコレートをつまむことだ。周囲を見回すと、ローマの空港内にもチョコレート専門店が入っている。

パニーニを食べ終わった玲奈は、まだ少し時間があるのを確認してからその専門店に立ち寄った。

――あ、この小さな箱にしておこう。

四角くて可愛らしいチョコを一つ食べると、疲れた身体に甘さが染みわたる。チョコレートを見ながら、玲奈はこれまで訪問してきた国で食べてきたそれらを思い出していた。

南北アメリカ、ヨーロッパはもちろん、アジア各国とアフリカにも行ったことがある。ロシアにはまだ行ったことがないけれど、いつか訪問してみたい。

これほどまでに世界各国を旅するのは目的があるからだ。

玲奈の夢は、単にルポライターになることだけではない。ライターとしてキャリアを積んだ先は、国際機関の広報担当を目指したいと思っている。

そのためには英語で記事を書けるだけでなく、広報のプロと認められる経験が必要だ。

――ほんと、恋愛している暇なんてないのよね……

英語は幼い頃からの積み重ねもあって得意だけれど、完璧とは言えない。専門用語もあるから、日本の仕事に慣れたら海外に拠点を移そうと思っている。

だから、恋人になる人には自分の夢を理解してほしいし、結婚となるとさらにハードルが上がる。

哲司は妻が仕事をするのは構わないと言ったが、どこまで本気でそう思っているのか疑問は残る。

――でも……あの時のチョコは美味しかったな。

ロンドンのホテルで一緒に飲んだ紅茶についていたチョコレート。ティーカップに添えられたそれは、カカオのほろ苦さが抜群に美味しかった。

哲司と語りながら食べた一粒を思い出すと胸がツキンと痛む。その痛みの理由を今は考えたくなかった。

早朝に出発したため、昨夜はあまり眠れず疲れがとれていない。飛行機内で少し目を閉じたけれど、眠ったと言えるほどではなかった。

玲奈の計画では、ここから列車に乗り換えてウィーンに行く予定だ。

飛行機で行けばすぐの距離だけど、できればヨーロッパの寝台特急に乗ってみたい。調べたところ、空港から列車に乗っていけそうだ。

業務指示書には、宿泊先は必ずルエラ・ホテルを使うこととなっている。寝台特急は寝るところはあるけれど要は列車だから、契約違反にはならないだろう。

哲司は玲奈が寝台特急に乗っているとは思いもしないはず。

これで、少しは出し抜けるかもしれない。早く移動することだけが逃げることではないから、わざとゆっくり移動して一泊の空白を作る。

玲奈にとって海外での寝台列車は初めてではなかった。普段の取材なら移動費を安くするための手段によく使っている。

でも、今回は横になってもなかなか寝付けなかった。車内の暖房はしっかりと効いていたし、車掌も丁寧だったけれど、どうしても彼のことが気になってしまう。

——もしかして、心配しているかな……

なんの書き置きもしないでロンドンを出発してきた。哲司のことだからヨーロッパにあるルエラ・ホテル・リゾートの全部に連絡しているかもしれない。どのホテルにも泊まっていないから、余計に心配しているかもしれない。

——でも、別に付き合っているわけでもないし、勝手に追いかけられているだけだし。

ゴロンと横になっても、列車の揺れる動きが気になって眠れない。

瞼を閉じると、かつて耳元に感じた彼の甘い吐息と、少し苦しそうに眉を寄せながら劣情を吐き出した時の顔を思い出してしまう。哲司が自分の身体に欲情して、最後にあんな顔をするとは思いもしなかった。

何度も忘れようとしたけれど、情熱的に抱かれた長い夜の記憶を消し去ることなどできなかった。しかも玲奈の方は忘れようとしていたのに、哲司は執拗《しつよう》に追いかけて捜し出してくれた。

しかし、再会後はキスの一つもしてこない。せいぜい手を握るくらいだ。

硬い手のひらに触れて彼の熱を移されるたびに、ニューヨークの夜を思い出してしまう。

黒豹のようにしなやかな彼に激しく揺さぶられた夜を思い出すと、また、身体の奥が甘くキュンと疼《うず》く。

簡易なベッドがついた四人用のボックスタイプの車両では、当たり前のことだけれど知らない人が近くで寝ている。玲奈のボックスは女性ばかりだったが、寝返りを打つたびに電車の揺れと、他の人の気配が気になった。

――こんなことなら、グレードアップしておけばよかった。

つい、いつもの癖でスタンダードの席にしたけれど、個室も選べたはずだった。ローマからおよそ十四時間の旅は、思っていた以上に楽しむことができない。早朝の美しい日の出も、川沿いを走る列車の雄大な景色も、玲奈の心を通り過ぎていく。

早朝にウィーンの中央駅に到着した玲奈は、ホームに降りた途端、凍える寒さに体を震わせた。

ロンドンも寒かったけれど、ここウィーンはことさらに風が冷たくて空もどんよりと曇《くも》っている。

――さ、寒い！　ウィーンってこんなにも寒かったの？

想像以上の寒さにコートを握りしめる。結局マフラーを返すタイミングがなかったから、首に巻いているのは哲司のマフラーだ。

これがあるおかげで、髪のかからない首元が温かい。

「ええと、ウィーン・ルエラ・ホテルに行くには……」

移動費は経費にできるから、もうタクシーを使ってしまおう。キャリーバッグを持った玲奈はタクシー乗り場に向かった。

幸い、行列は短くてこれならば早くホテルに行くことができそうだ。玲奈は哲司に追いつかれる前になんとかしてウィーンの記事を書いてしまおうと考えていた。


「て、哲司さん！」

ホテルのロビーに到着した玲奈は、ポーターに扉を開けてもらい入口に立つと呆然とした。そこには腕を組んで仁王立《におうだ》ちしている哲司がいたからだ。ひゅーっと冷たい風が彼の後ろから吹いてくるようだ。

「玲奈さん、夕べはどこに泊まっていた？」

もともと低い声が、さらに低く暗くなっている。不機嫌さを隠さないでじろりと見られると、恐ろしさで寒気がする。

玲奈はキャリーバッグを持ちながらも肩をすぼめて立ち尽くした。

「あ、あの！　実は……ローマから夜行列車に乗ってウィーンまで来ました」

「寝台列車？」

「は、はい。その……一度乗ってみたかったので」

「わかった。確かに他のホテルに宿泊していたわけではないけれど……僕を心配させないでくれ」

「はい、ごめんなさい」

哲司の勢いに圧《お》され、しゅんとしてしまう。まさか、ウィーン行がこんなにも早くばれてしまうとは思いもしなかった。

「まずは、部屋に入ろう」

そうして渡されたのは、ホテルの鍵だった。哲司は苛立ちながらも玲奈の荷物を奪うようにして持ち、先に進もうとする。

「あの、まだチェックインしていないけど」

「僕がしておいたよ。大丈夫、隣の部屋だから」

「え、そんな……」

「約束は守るから。さ、行こう」

ぶっきらぼうな言葉遣いも彼の怒りを表しているようだ。二人は豪奢《ごうしゃ》なシャンデリアのあるロビーを通り抜けてエレベーター乗り場に行く。

広い背中を見ながら、玲奈はただ黙って哲司のあとに従った。

「哲司さん、まだ怒ってる？」

「怒ってないよ、心配しただけだ。玲奈さんはそんな薄着をして、列車では寒くなかったか？」

「哲司さんのマフラーがあったから、首元は温かかったよ」

「……後で、服を見にいこう」

「そんな、気遣ってくれなくても大丈夫です」

「僕が玲奈さんに用意したいんだ。付き合ってほしい」

「は、はい」

哲司に強く言われて、思わずはいと答えてしまう。今にも雪が降り出しそうなウィーンでは、確かにもう少し厚手のコートがあるといいのかもしれない。

玲奈を部屋まで案内すると、哲司は「まずはゆっくり休んで。では、また後で」と言って去っていく。

「あぁ、また見つかっちゃった……」

ぱふん、と音を立てる勢いでベッドに横たわり、一人になった部屋で玲奈は目をつむった。

——やっぱり心配、してくれていた……

哲司は珍しく無精ひげをちょっと生《は》やしていた。目の下に隈もあったから、もしかしたらあまり寝ていないのかもしれない。ずっと、玲奈を捜していたのだろう。

「悪いこと、しちゃったかも」

こんなことなら、行先をきちんと伝えておけばよかったと後悔してしまう。しかし、頼んでもいないのに追いかけてきているのは哲司だから、突き放せばいいだけのことだ。

……でも、そんなことできない。

ニューヨークで出会ったテツは、もっと軽やかでスマートな感じの男性だった。自分に触れる手つきも穏やかで、大切な宝石を扱うように玲奈に接していた。

けれど、ヨーロッパでの哲司は自分に自信を持っていて、堂々と振る舞う姿は大人の男としての貫禄を感じさせる。

土地の違いがそうさせているのか、あまりにも哲司のイメージが違いすぎて戸惑ってしまう。

もし、今の哲司に抱かれたらどうだろう……もう後には引けなくなる気がする。

まるで狙いを定めた獣のように、哲司は玲奈を食べつくしてしまうのではないか。

ヨーロッパでの自信に溢れる哲司も、ニューヨークで出会ったスマートなテツも、同じ『勝堂哲司』に違いない。

ロンドンでは彼に『好きだ』と言われて心が震えた。でも、大企業のＣＥＯと付き合うなんて自分らしくないことはやっぱり無理だと思ってしまう。

玲奈は自分の中のもやもやを消化できないまま眠りに落ちた。

温かい部屋に柔らかいベッドが、身体を冷やした玲奈を癒《いや》してくれた。

「わっ！　私、こんな顔をしていたの？」

すっかりランチを過ぎた時間に起きた玲奈は、顔を洗おうと洗面所に行き、鏡に映った自分の顔を見て叫んでしまう。

メイクはとれていて、思った以上に疲れが顔に現れていた。急いでシャワーを浴びて顔を洗ったところで、ホテル・アメニティーのよさにため息が出る。

疲れた肌につけるだけで手触りが変わっていく。ぜひこれも記事にしようとブランド名をチェックしてからメイクをすると、既に午後の時間となっていた。

また後で、と言われたけれど哲司はどうしているのかわからない。今や、パソコンとインターネット環境さえあればどこでも仕事ができるが、哲司は玲奈に振り回されるように移動している。

――きちんと仕事ができているのかなぁ。

玲奈のことが優先順位のトップだと言っていたけれど、彼の下にはそれこそ何千人、何万人もの従業員がいる。その人たちの生活を守り、雇用を確保するためにもトップとしての重圧があるに違いない。

普段はそんなそぶりを見せなくとも、哲司はとてつもなく忙しい人なのだ。

玲奈は行先を言わずにロンドンを出発したことを謝ることにした。何も、優しい彼を振り回して心配させたかったわけではない。

「とりあえず、フロアに行ってみようかな」

玲奈は手持ちの中で一番暖かそうなジーンズとセーターを着ると、グランドフロアに移動した。

『勝堂様でしたら、支配人とお会いしている最中です。しばらくロビーでお待ちください、とのことでした』

ホテル・コンシェルジュに聞いてみると、やはり麻生玲奈の名前を出せば哲司と繋がるようになっていた。どうやら今は仕事中なので、仕方なくロビーで待つことにする。

――今のうちに、ホテル内だけでも歩いておこうかな……

玲奈の仕事はホテルの紹介文を書くことだから、客室だけでなく他の設備についても取材しておく方がいい。そう思い立ち上がったところで、哲司が駆け寄ってくるのが見えた。

「玲奈さん、もう体調は大丈夫なのか？」

いかにも急いで来たという雰囲気の彼は玲奈の顔を見ると満面の笑みを浮かべた。玲奈もその笑顔からもう怒っていないことを確認できて、やや安心する。

「少し寝ることができたから、もう平気です。あの、哲司さん。心配をかけてしまって、ごめんなさい」

今朝のやつれた顔を見た瞬間、玲奈の心は罪悪感でいっぱいになっていた。追いかけられている立場だけれど、彼は仕事の上では大切な発注主でもある。

そんな人の好意を無下《むげ》にしてはいけないと反省した玲奈は、自然に頭を下げていた。

「玲奈さん、大丈夫だよ。単に僕が君を追いかけているだけだからね。本気で迷惑だったのかと思って落ち込んだけど、それはない？」

「そんなことはありません！」

哲司のことを、迷惑だとか嫌だと思っているわけではない。

単に今は仕事を優先したいだけで、避けているに過ぎない。慌てて否定した玲奈を見て、哲司は安心したように顔を緩めた。

「よかった、嫌われていないなら安心した」

「それと、私のことばっかり心配しているけど、哲司さんの体調は大丈夫なの？」

「あぁ、僕も少し休んだからすっかり体力は戻ったよ。朝は酷い顔を見せて、すまなかった」

今朝と違い、哲司は髭《ひげ》もすっかり綺麗に剃っていて、顔色も格段によい。

白のタートルネックのインナーに黒色のジャケットと紺色のジーンズを穿《は》いて、シンプルだけど清潔感のある服装だった。

「私の方こそ、寝台特急だったから化粧もとれて見苦しかったでしょ。恥ずかしいくらい」

そう言うと、哲司は少し顔を曇《くも》らせて腕を組んだ。ふむ、と頷いて今度は玲奈の全身を見る。

「玲奈さん、今朝は確かに顔色がちょっと悪かったけど、化粧のことより寒そうにしていたことが心配だ。そうだ、今からブティックに行ってもっと暖かいコートを選ぼう」

「コートはなくても、暖かい素材のインナーを重ね着すればそれで過ごせます」

「……玲奈さん。僕が君に着てほしいと思っているんだ。僕の我儘《わがまま》を叶えると思って、ついてきて」

哲司は玲奈の手をとると、カッカッと靴音を鳴らしながらロビーを離れていく。突然のことに「えっ」と戸惑ってしまうが、哲司は上機嫌になっていた。

心配をかけた手前断るのも悪いと思い、玲奈は黙って手を引かれるままになった。

ホテルの支配人やコンシェルジュは、それまで冷徹だった哲司が玲奈を前にすると急に表情を柔らかく変えた様子を見て、一様に驚いた顔をしている。

そして玲奈をオーナーの恋人として重要な客のリストのトップに置いた。

玲奈の戸惑いをよそに、周囲の目には玲奈はただただ哲司から溺愛されている女性にしか見えていなかった。


「哲司さん、こ、こんなのもったいなくて着られないよ！」

「大丈夫、ここはレンタルもできるし、明日行くところはドレスコードがあるからこれを着て。もし違うタイプが好きなら、スタッフに言えば用意してくれる。あ、でも玲奈さんが試着した姿は僕も見たいな」

にっこりと笑う哲司に玲奈は言葉が出なくなる。ホテルから連れてこられたのは、入口の感じからしても高級な、衣服の専門店だ。

そこで玲奈はカシミアのコートにフェイク・ファーのストール、さらに黒のシフォンワンピースを試着した。

気に入れば購入もできるがレンタルでもいいそうだ。どちらにしても玲奈には手が出ない金額だが、哲司は値段のことは気にしないでいいと言っている。

ドレスコードのあるところに行くとなれば、彼に恥をかかせるわけにはいかない。そう思って試着し始めた玲奈だったけれど、いざ上質でゴージャスな服をまとうと心なしか気持ちも上向いてくる。

哲司はベージュのチェスターコートを着て、さっきまで玲奈がつけていたマフラーを巻いていた。濃い青と薄い青のチェックのマフラーが、カジュアルな服装の彼をさらにスマートに見せている。

「哲司さんはいいの？」

「僕は、また後で。次は靴を見にいこう」

どことなく嬉しそうな哲司は、玲奈にロングブーツとパンプスを選ぼうと靴コーナーにも向かう。

「そんな、荷物になるから」

「後でホテルに送り届けてもらうから大丈夫だよ。使った後はホテルに置いておけば、店に戻るようになっているから」

何を言っても買い物を止めることなく、哲司はアクセサリーまで次々と選んでいく。一体、ドレスコードがあるなんてどこだろう？　高級レストランは流石に気が引けるけれど、と思っていたら哲司が説明してくれた。

「ウィンター・シーズンだからね。明日はバレエのくるみ割り人形を見にいこう」

「え、バレエ？　こんなハイシーズンにチケットがとれたの？」

「もう国立歌劇場を予約してあるよ。ちょうどチケットに空《あ》きが出たみたいで、タイミングがよかった」

確かに冬のヨーロッパらしい。子どもの頃、少しバレエを習っていた玲奈も幼心に憧れた演目だ。まさか、本場のヨーロッパで見ることができるとは思っていなかった。

さらに哲司は玲奈に少し大きめの箱を渡した。

「この箱の中身も確認して」

「あ、あの……！」

箱には玲奈でも知っているハイ・ブランドのロゴがついていた。

「こ、こんな高級なもの、使えません」

「でも、ナポリでこのブランドを見たら、とても玲奈さんにピッタリだと思ったんだよ」

「ナポリ？」

「あぁ、玲奈さんを追ってローマに行ったけど、そこにいなかったからナポリに行ったんだ。結局、ウィーンに来てみたけれど、ここにもいなくて。あの日は心配したよ、無事に会えたからよかったけど」

なんてことだろう、哲司は玲奈を捜すために一日で三都市を訪問していたのだ。

彼ほどの役職であれば、人を使えばいいのにもかかわらず自分の足で捜してくれた。

執拗《しつよう》だけれど、それだけ哲司に求められている。玲奈の心臓はぎゅっと掴まれたように、ドクンと高鳴った。

「あ、ありがとうございます。この箱の中身は今見てもいいですか？」

「はい、どうぞ」

玲奈がごそごそと中身を見ると、小さなポシェットのようなショルダーバッグが入っていた。光沢のある皮に細長い紐がついている。

赤い革のかばんは、重厚なようでいて可愛らしい。ハイ・ブランドならではの質のよさが手触りに現れている。

「でもこんな可愛いかばんだと、財布しか入らないなぁ」

「あれ、ペンとノートも入りそうだけど。君はいつでもメモをとりたいだろう？」

「え……私がメモ魔でも、いいんですか？」

「君には好きなことをしてほしいだけだよ」

まさか、哲司がそこまで理解しているとは思わなかった。

彼は自分の仕事のことを本気で受け止めてくれている。

哲司の優しく細められた目を見ていると、胸の奥にじわりと温かいものが広がっていくのを感じてしまう。

「さ、玲奈さん。食事にしよう、お腹がすいてきたよね」

「は、はい」

哲司はお店の人に購入したものをホテルに届けるように伝えると、玲奈と一緒に街中を歩き始めた。そして夕食には少し早い時間だからといって案内されたのは、バイスルと呼ばれる大衆レストランだ。

伝統料理とワインやビールを気軽に味わうならこうした店がいいよね、と言った彼に続いて入店すると、店の中では家族や友人同士だろうか、普段着で食事をしている人たちがいてざわざわとしている。

店のつくりは一般的な家庭の雰囲気に近く、メニューの中身もいわゆる焼きソーセージにキャベツを酢で漬けたザワークラウトなど、家庭料理風なのが嬉しい。

「なんか、普通の店で安心した。哲司さんと一緒だと、いつも高級レストランになるのかと思っていました」

「玲奈さん、僕だって普段は普通の食堂でしか食べないよ……まぁ君と一緒だとちょっと見栄を張りたくなるけどね」

「時々はいいんですけど」

「明日はバレエが終わったら、その時々に行こう」

にこりと笑う哲司は、これがいいかな、と言ってウィーン風カツレツのコースとビールを注文する。

少しはドイツ語もできると言った彼は、少しどころではない流暢《りゅうちょう》なドイツ語でお店の人と話していた。

「哲司さん、一体どれだけの言語を話せるの？」

「え、僕？　できるといっても、多分ネイティブ並みなのは英語だけだよ」

「でも、今のドイツ語、とても流暢《りゅうちょう》でした」

「ドイツ語とフランス語は普段の会話くらいかな。あと中国語も少し覚えたけど、仕事で使えるレベルじゃないから、基本的に普段は英語にしているよ」

「……」

やはり哲司は一流の男に違いない。玲奈も英語は好きだったから、必死になって勉強してきた。それでもネイティブ並みに使いこなせるとまでは言い切れない。

幼い頃から鍛えられている哲司の、普段の会話ができるレベルというのは、きっと不自由なく話せることを言うのだろう。

生まれも育ちも違うのに、どうしてこの人は玲奈のことをこれほど好きになったのか。

そういえばきちんと聞いたことがなかったなと思い、玲奈はお酒の力も借りて尋ねてみた。

「哲司さんって、私とはずいぶん違う環境で育ってきたと思うけど、あの……どうして私のことをそんな必死になって追いかけて……」

それでもいざとなると、どうして自分を好きになったのですか、と口に出すことに躊躇《ちゅうちょ》してしまう。声が小さくなってしまった玲奈に、哲司は蕩《とろ》けるような目をしながらもはっきりと口にした。

「僕が玲奈さんを好きになった理由を聞きたい？」

「は、はい」

「もちろん外見が可愛らしくて好みだから、というのもあるけど、僕にないものを持っていることに惹かれた、っていうのが一番かな」

「えっ、それは？」

「うん、そうだね。好奇心旺盛《おうせい》な瞳とか、思い切った行動力とか。あとは思いやりがあって、優しくて、大胆かと思えば怖くて震えたりするところなんて、守ってあげたくなる。何よりも君はとても魅力的で、僕を大胆に変えてくれた恩人だよ」

「あ、ありがとうございます……？」

まさか、これほどたくさんのことを一気に話すとは思わなかった。そのほとんどは玲奈が思いもしなかったことで、頬を染めてしまう。

でも、大胆に変えたというのはどういうことだろう。玲奈にはそんな記憶がない。

「哲司さんを大胆に変えたって、どういうこと？」

「実はニューヨークで君と会ったおかげで、僕はもう一度自分を信じて進むことができたんだ」

「へ？　私、何か生意気なことを言いましたか？」

「僕にとっては、何よりの励ましの言葉だったよ」

「あ、そ、そうだったの……」

確かあの時、壁を打ち破るにはどうしたらいいか、とかなんとか話したような覚えがある。でも、その会話が哲司にとって、それほど大切なものになっていたとは思いもしなかった。

「だから僕との違いがたくさんあるから、きっと結婚したら幸せが何倍にもなる気がするんだ」

「えっ」

結婚という言葉を聞いて、玲奈は戸惑い眉間にしわを寄せる。哲司は既に恋愛のその先のことを考えている。

けれど玲奈は結婚をする覚悟どころか、恋愛する気にもなれていない。

何も言えずに思わず俯《うつむ》いてしまうと、哲司は眉尻を下げて言葉を付け加えた。

「ああ、結婚とか、そんな話をする時じゃないってことぐらい、わかっているよ。結婚には大きな決断が必要だからね。玲奈さんを見ていると、まだ身近なことじゃなさそうだし」

「それは……その通りですけど」

「だから、まずは恋人から、どうかな？」

「は、はいぃ？」

ホッとしたのもつかの間、哲司はここぞとばかりに迫ってくる。

玲奈が返事に困っていると、ちょうどいいタイミングで食事が運ばれてきた。湯気を上げる牛肉のスープの匂いが食欲をそそる。

気持ちを切り替えるため、玲奈はスプーンを持った。

「哲司さん、いいから温かいうちに食べましょう」

「そうだね、返事はいつでもいいから。僕も久しぶりの休暇なんだ、一緒に楽しんでくれると嬉しいよ」

哲司はまたも、愛しさが溢れるような目で玲奈を見つめていた。


翌日、午前中を仕事に充《あ》てた玲奈は書き上げた原稿をチェックしていた。ロンドン、ウィーンと二つのルエラ・ホテルの紹介文だ。

あと一つのホテルの紹介文を頼まれている。

どの仕事も手を抜くつもりはないけれど、今回の仕事はより気合が入る。きちんと仕上げて館内を見返したいから、中途半端にはできない。

「でも、哲司さんが素敵すぎるのは問題だよね……」

昨日の勢いで口説かれたら、どこまで耐えることができるだろうか。

これから二人でバレエ鑑賞をした後、レストランでの食事を予定している。哲司は日本人男性にしては背が高くて人目を引く容姿をしているし、レディー・ファーストの習慣が身についているから仕草もスマートだ。

タクシーに乗る時も扉を開けて必ず玲奈を先に乗せてくれるし、レストランでもお店でも、扉を開けると玲奈が入るまで待っている。

姿形だけでなく、哲司はヨーロッパでも通用する極上の男性だから、周囲の人の注目を自然と浴びてしまう。

玲奈は、最初は西欧でのレディー・ファーストの習慣に馴染《なじ》めなかった。だが、それをスマートに受けることもレディーとしてのマナーであると聞いてからは、遠慮しないようにしている。

それでも哲司の隣に立つのはやっぱり気後《きおく》れしてしまう。

しかも、彼は玲奈の仕事についても想像以上に理解し、手伝ってくれた。今日のデートの行先も、取材で行きたかったところなので助かっている。

彼に惹かれずにはいられない。

「もう、参っちゃうな……」

玲奈は唇をキュッと結ぶと、もう一度パソコンの画面を見る。

仕事と、恋と、両立できるのが一番だけど――それが難しい年頃なのも確かだ。

玲奈はふうっと、再び重いため息をついた。

哲司の用意してくれた黒のシフォンワンピースに着替えると、肌にしっとりと馴染《なじ》み、気持ちも華やかになってくる。

昨日の朝は酷い顔を見せてしまったから、今日はメイクも手を抜いてない。ホテルに併設している美容室で軽く髪をカールしてもらう。

艶《つや》やかに輝く唇は玲奈をより一層美人に見せた。さらに柑橘系《かんきつけい》の香りをまとうと、哲司とのデートに心が浮き立ってくる。

哲司のプレゼントしてくれたかばんを肩にかけると、まるでどこかの令嬢のようだ。

外は雪がちらつき始めているから、コートにレザーグローブ、さらに足元はロングブーツと防寒している。

待ち合わせのロビーに着くと、哲司も今日は体形に合わせたオーダーメイド・スーツを着ていた。黒の上等な生地に細い白のストライプの入った、いかにも仕立てのいいスーツだ。細身でもしっかりと筋肉のついている哲司の魅力を余すところなく引き立てている。

「お待たせしました」

「玲奈さん、とても綺麗だね。参ったな、他の人に見せたくないけど……」

哲司は手を口元に持ってくる。そんな彼を見た玲奈は、にこりと笑うと「哲司さんも素敵ですよ」と伝えた。

「え、玲奈さん……」

今度は哲司が耳を赤らめる。その反応に、これまで玲奈から哲司を褒めたことがなかったことを、改めて思い出した。

「あの、本当に素敵な方だと、思っています。今日のスーツ姿も、とても似合っています」

「そう、か。そう言ってもらえると僕も嬉しいよ。……でも参ったな、やっぱり玲奈さんの褒め言葉は破壊力が違うな」

「え？　最後の方がよく聞き取れなかったんだけど」

コテン、と首をかしげて哲司を見上げた玲奈に、哲司は再びばっと赤くなり、照れ隠しのように顔を背けて出入口の方を見た。

「エントランスに車を待たせているから、行こうか」

二人が乗り込むと、タクシーは滑《すべ》るように走り出していく。寒い中を出かける先は、市内にあるウィーン国立歌劇場だった。


クリスマス・シーズンの昼間の公演とあって、家族連れで来ている客もチラホラ見受けられる。豪《ごう》華《か》絢爛《けんらん》な入口を通り抜けると、哲司は慣れた様子で受付カウンターに行った。

コートをクロークへ預けた玲奈は、ホールに飾られているフレスコ画の迫力に息を呑んでしまう。流石ヨーロッパの歴史ある建物は壮麗で趣《おもむき》が違う。

チケットを持った哲司の後についていくと、光の中で人々が行き交うロビーを通り過ぎ、薄明かりが灯された深紅《しんく》のカーペットの廊下を歩いていく。

「今回はボックス席がとれたから、オペラグラスを使いながら見よう」

「ボックス席？」

ウィーンと言えばオペラ座と呼ばれる国立歌劇場が有名だ。

でもオペラだけでなく、バレエもいいと哲司が説明してくれた。

重厚な外見の建物はそれだけでも雰囲気があるが、劇場内に通じるいくつものドアを開けていくと、頭上に並ぶボックス状の個室席が見える。

階段を上り、哲司が入口の番号を確認する。どうやらここが指定の席のようだ。

「さ、中に入って」

バレエは何度か鑑賞したことがあるけれど、こんな本格的な席で見るのは初めてだ。

マナーは大丈夫かな、と心配になりそっと目を上げると、哲司は心配ないよ、と言わんばかりの甘い顔をした。

ボックス席の装飾は豪奢《ごうしゃ》で、まるで中世の貴族になったような気分にさせてくれる。隣席とは重厚な柱と壁で隔《へだ》てられていて、特別感があった。

玲奈は思わず「わぁ、素敵」と声を上げた。

「何か飲み物をお持ちしましょうか、お嬢様」

哲司もどこか高揚しているのか、少しおどけた口調で玲奈をもてなした。

「そんな、哲司さんも座って」

ベンチシート型の客席に二人で並ぶ。いつの間にか頼んだらしいシャンパンが運ばれてくると、哲司は玲奈にフルートグラスを渡して「乾杯」と小さな声で言った。

「ん、美味しい」

冷たく弾ける炭酸が喉に心地いい。少し酔いを感じていると、上演開始を知らせるように照明が点滅した。次第に辺りが暗くなっていく中、右隣に座る哲司がそっと玲奈の右手に触れた。

硬い、大きな哲司の手が重なり、指の間に指を入れた。まるで絡まるようにのせられた手が、熱い。哲司は何も言わないけれど、手の甲と指が彼の熱を伝えてくる。

玲奈は酔いとはまた違う理由で顔を赤くした。するとオーケストラの音がなかなか耳に入らなくなる。

ずっと哲司の身体のどこかが玲奈に触れていていた。隣から立ち昇る清潔な匂いに相応《ふさわ》しくない、甘美な熱を絶えず感じている。ニューヨークで高められた熱を再現されているようで落ち着かない。

手が汗ばんできたと思ったら、哲司に肩を寄せられた。少し疲れてきたと感じた時には、反対に自分の肩に頭をのせるようにと、哲司は腕を玲奈の肩に回してきた。

ふわりとした花のような香水の香りに、哲司のつけているシダーウッドの匂いが重なっていく。花のワルツなど馴染《なじ》みのある音楽に合わせて踊る、華やかな衣装の踊り子たち。

くるみ割り人形のヒロイン『クララ』が王子様によって夢の国へと連れていかれるように、玲奈も隣にいる哲司に甘い世界に連れてこられたようで、心の奥がくすぐったくなる。

音が、踊りが、匂いが、隣から感じる熱の一つ一つが、玲奈の心をほぐしていく。上演が終わると玲奈は、頬を染めて哲司を見上げた。

「哲司さん、こんなにも素敵な席で見ることができて、楽しかったです」

「うん、僕も楽しかったよ。玲奈さんが隣にいるだけで、ここまで素敵な時間になるとは思ってもいなかった」

その言葉に、また心臓がうるさいほどにドクンと鳴る。仕事で来ているはずが、こんなにも楽しい思いをしていることに少し罪悪感を持ってしまう。

でも今日は着飾っていて、隣にはまるで王子様のように玲奈を守る哲司がいる。そして物語中の夢の国のような、王宮の広間みたいなホールにいる。せっかくウィーンにいるのだから、もう少し冬のヨーロッパを楽しもうと玲奈は気持ちを切り替えた。


バレエの余韻《よいん》を味わいながら歌劇場を出ると、哲司は昨日とは違い、高級なレストランに玲奈を案内した。劇場のすぐ近くにあるレストランは、同様に観劇後に訪れる客が多いようだ。

店内は煌《きら》びやかなシャンデリアが天井から下がっている。席についている客も皆、スーツ姿の男性や着飾った女性であり、ここがいかに特別なレストランであるかがわかる。

「玲奈さん、今日は個室にしておいたけど、よかったかな。君と二人きりの時間を持ちたかったんだ」

「はい、私も嬉しいです。あの、私、こうしたお店のマナーとかも自信がなくて」

こういう場に慣れない玲奈を気遣ったのか、個室に案内されてホッとする。

「乾杯はシャンパンでいいかな？」

哲司はソムリエを呼ぶと今日のおすすめを聞いた。

「ロゼでいい？」

頷くと薄紅色の液体がフルートグラスに注がれてきめの細かい泡が立ち、向こう側に哲司の形のいい口元が見える。

グラスを掲《かか》げて口にするとフルーティーな香りが鼻先を抜けていく。

大きな張り出しの窓からは、街を彩《いろど》る明かりが見えた。それからは、お互いの仕事や家族のことなど、リラックスしながら話すことができた。

何度も食事を一緒にしているけれど、これまでで一番気兼ねなく話をしている。

最後に運ばれてきたのは、たっぷりと白いクリームが添えられて、見るからに重厚そうなザッハ・トルテ。コーティングされたチョコレートが口の中でシャリッと溶けていく。

「美味しい！　私、チョコレートが好きだけど、ここの味は特別ですね」

「そう？　喜んでくれて嬉しいよ」

料理の途中でサーブされたワインが飲みやすくて、少し酔ったかもしれない。楽しい気分に包まれたまま、食事の時間はあっという間に過ぎていった。

「玲奈さん、もう少し一緒にいたいな」

帰り道に、オペラ座近くのクリスマス・マーケットを見ようと誘われた玲奈は、ちょっとふらつきながら歩き始めた。

暗い道を明るく照らすように、光があちらこちらで輝いている。噴水広場の中心には毎年、テーマが変わるクリスマスツリーが飾られていた。今年はピンク色の電飾で飾られていて、それを見に来た親子連れなどが写真を撮っている。そうした風景を見るだけで心が和《なご》む。

マーケットの会場に近づくと、道が混み始めてくる。酔って歩く人もいるのか肩がぶつかりそうになったところで、哲司が玲奈の手にそっと触れた。

「夜道は危ないから、握っているよ」

また哲司の熱い手が玲奈の手を覆い、さらに指を絡めるようにして握ってくる。

——どうしよう。これって恋人繫ぎ、よね……

ふわふわとした頭で考えている間も、哲司は人々が騒々しく行き交う道を進み、屋台の明かりを眺めている。雰囲気に呑まれるようにして、玲奈は哲司の手を握りしめた。

「いいね、こうしてクリスマスを楽しむのって」

「うん、私もクリスマス・マーケットに来るのは初めてなの。一度来たかったんだけど、なかなか都合がつかなくて」

「そうなんだ、それなら連れてきた甲斐《かい》があるね」

哲司はある店を見つけると「ちょっと待っていて」と、玲奈を残して売店に行った。少しして、ホットワインの入ったグラスを持ってくる。

「ほら、温まるよ」

哲司に渡されたワインから、アルコールの蒸発する匂いが立ち上る。冷たい空気の中で、温かいグラス口をつける。

「甘い」

「ははっ、これが名物だからね」

飲み切れるかな、と思っていると、哲司がさっと手を出して飲み始めた。

「哲司さんって、甘いものも平気なの？　男性だと苦手な人も多いけど」

「うん、僕はわりと好きな方じゃないかな。今度よかったら、パフェを食べに行こうよ」

「パフェ？」

「うん、パフェって、男一人だと注文しにくいからさ。可愛い彼女が一緒なら、平気だけど」

「可愛い、彼女……って」

「もちろん、玲奈さんのことだよ」

ちょっと意地悪そうに笑うが、玲奈を見つめる目は優しい。まだ恋人でもなんでもないのに、と思う一方で、哲司の隣にいる自分はとても幸せを感じている。ふと、明かりの小さな売店で売られている布地が目についた。

「あ、これ綺麗……」

隅の方にそっと置かれていたのは、ワンポイントの刺繍《ししゅう》がついたハンカチだ。雪だるまやクリスマスツリーといった中で、イニシャルが刺繍《ししゅう》されているものがあった。

『あの、このTの文字のハンカチ、一つください』

英語でも通じたので、財布から紙幣を出しておつりを受け取る。ラッピングも何もされていないそれで、隣にいる哲司の手をとり、内側を拭いた。

「哲司さん、すみません。私、汗っかきで。さっきから手汗が酷くて」

「そんな、僕は気にならないよ。でも、このハンカチは貰ってもいい？」

「え、は、はい」

玲奈からハンカチを受け取ると、哲司は大切そうにコートの内ポケットに入れた。

「玲奈さんからの初めてのプレゼントだ。大切にするよ」

「そんなっ、哲司さんが持つようなものじゃ……！　それに、私はあんなに奢《おご》ってもらっているのに、お返しがハンカチだなんて」

「でも、僕のイニシャルを選んでくれたよ。君が僕を想って選んでくれた、それが嬉しいんだよ」

「哲司さん……」

玲奈は改めて申し訳なくなり、思わず眉根を寄せてしまうと、哲司がふっと笑う。

「玲奈さん、そんな顔しないでも大丈夫だよ。そうだね……君から欲しいものはあるけど」

「私から、欲しいもの？」

「うん」

「遠慮しないで言ってください。あまり高価なものだと、お財布と相談しないといけないけど、でも今回たくさん出してもらっているし……」

「はは、玲奈さん。そうじゃなくて、僕が欲しいのは君の隣にいる権利、かな」

「え、私の隣にいる権利？」

「そう、いつまでも君の隣でこうして同じ方向を見て、手を繋いで人生を歩むことができる権利、かな」

「……」

玲奈はまた、言葉を失くしてしまう。哲司のプロポーズにも近いそれに、返す言葉を見つけられない。

——私、愛されている。

哲司からの真摯《しんし》な表現に、玲奈の心はまるで背中を撫でられたように震えてしまう。生まれも育ちも違う、こんなにも生意気な玲奈をどうして彼はここまで愛してくれるのだろう。

——でも、こんなに愛されても、私は何もお返しなんてできないのに……

哲司のような立場の人間であれば、もっと美人で本当にお淑《しと》やかで、実家も格が高い人の方がいいのではないか。仕事中毒になっている玲奈は、家庭よりも仕事を選びたい。それでも結婚したいとまで言ってくれるなんて……

心がゆらゆらと揺れてしまう。目を潤《うる》ませた玲奈を見て、哲司は言葉を紡《つむ》いだ。

「ごめん、まだ、答えを聞きたいわけじゃないんだ。ただ、僕がそれを望んでいることを知っていてほしいだけ」

「……哲司さん、私」

「さ、そろそろ帰ろう。雪が降ってきそうだ」

寒くなる前に帰ろう、と二人は人の少ない方の道を歩き始めた。マーケットで売られているオーナメントや、生誕劇の人形を見て回るのは楽しかったけれど、どれも荷物になりそうだし、特に欲しいものは見つからなかった。

「あ、雪が……」

気がつくと雪が舞い始めている。どうりで寒さが厳しくなってきたはずだ。もう少し歩けば大通りまで出て、タクシーをつかまえることができる。小さな石橋の上を歩き始めた玲奈は、雪に濡れた石の上で足を滑《すべ》らせてしまった。

「キャッ」

咄嗟《とっさ》に隣にいた哲司に抱き着くような格好となってしまう。それでも哲司はふらつくこともなく、玲奈を抱き止めた。

そーっと顔を上げると、思っていたよりも近くに哲司の顔があり、心臓がトクリと跳ねる。

「ごめんなさい」

「大丈夫？」

「はい、あの……」

もう手を離してくれても大丈夫です、と言いたいのに、玲奈を抱きしめる腕の力が緩まない。

「もう少し、このまま。……離したくないんだ」

哲司は、今度は玲奈の背中に腕を回し抱き寄せてきた。視線が絡んだと思った瞬間、何かふわりと温かいものが玲奈の唇の上に触れる。

——あっ、キスされてる……！

哲司の唇が玲奈の唇に重なっていた。

ビクッと驚いて哲司の目を見ると、ニューヨークの夜のように雄の目をした哲司が「好きだ」とポツリと呟いて、今度は玲奈の額に軽く押し当てるキスをした。

そして二度、三度と柔らかく頬にキスをした哲司が、玲奈の目を射るようにまっすぐ見つめてくる。思わず目をつむった玲奈のそれを了解のサインと受け取った哲司は、熱い唇を玲奈の唇に重ねた。

今度は長い時間、哲司は吐息と共に玲奈の唇を離さなかった。互いの柔らかい部分に触れ合いながらの濃厚なキス。玲奈は寒さを忘れて、哲司の広い背中をキュッと抱きしめた。

ホテルに着いた玲奈は、部屋に入ると化粧も落とさずベッドに突っ伏した。

「あぁ、キス、しちゃったぁ～！　もう、私ったら！」

夕食でワインを飲みすぎたのかもしれない。クリスマス・マーケットでもホットワインを飲んでしまった。でも、それだけではない。

支えてくれた哲司の力強い腕。玲奈を見つめる瞳。低い声で「好きだ」と囁《ささや》かれて身体が震えた。あの時、全身が喜んでいた。

いくら雰囲気がよかったからと言って、あれほど長い時間キスしていたのは玲奈も嬉しかったからだ。でも、このまま流されるように彼の恋人になり、果ては結婚なんて決断できない。

悶《もだ》える玲奈は、今は冷静にならないと、と思う一方で、このまま彼から逃げきることができるだろうかと不安に思う。

でも、逃げる——そう、やっぱりこんな関係はよくない。

ウィーンのホテルの紹介文はほぼ完成していた。もう、次の目的地に出発することだってできる。哲司には、明日は仕事をしたいからと伝えてある。

玲奈は起き上がると、とにかく情報を集めようとパソコンを立ち上げた。


次の日、少ない自分の荷物をかばんに入れ終え、昨日使った服や靴を見て玲奈はため息をついた。

「これ、確かホテルで返せるって言っていたよね」

コンシェルジュに確認すると、返却できるので持ってきてほしいと言われる。

畳んだ服を持って下りていくと、コンシェルジュの女性は玲奈の顔を見た途端に、にっこりと笑顔となった。

『勝堂オーナーのパートナーの麻生様ですね、お話は伺っております』

流暢《りゅうちょう》な英語で対応してくれたので、ホッとして返品する品物を一つ一つ確認していく。最後に『これは返却リストにはありません』と言って、ポシェットを玲奈に渡した。哲司がくれたハイ・ブランドのかばんだ。

『え、これもレンタルと思っていたけど……』

確か、これを渡された時に哲司はナポリで見かけたから、と言っていた。もしかするとあれは、ナポリで購入したのだろうか。でもこんなにも高級なかばんを軽い気持ちで貰うのは気が引ける。

――これを受け取ったら、やっぱり、哲司さんの気持ちも受け取ることになっちゃうよね……

手元に残ったかばんを見て、やっぱりこれを貰うことはできないと思う。そう決めた玲奈はコンシェルジュに預けることにした。

『すみませんが、これを勝堂オーナーに渡していただけますか？』

『こちらのかばんですか？』

『はい、中身は入っていませんので、そのまま渡してください』

『わかりました、お預かりいたします』

彼の気持ちを今は受け取ることができない。きっと、このかばんを返された哲司は玲奈の決断を理解するだろう。夕べのキスは雰囲気に呑まれたのであって、冷静な判断ができなかっただけだ。

そう自分に言い聞かせた玲奈は、ウィーンに着いた時と同じ姿でホテルを後にする。

ただ、ウィーンに来た時のように哲司が心配しすぎるといけないから、玲奈はホテルの受付にいる男性スタッフに哲司宛《あて》の伝言を残しておくことにした。

『――UAE、アラブ首長国連邦のドバイに行きます、と伝えてください』

『UAEの＊＊ですね、了解しました』

あまり英語が得意ではなさそうな受付の男性は、早口で何かを話したが玲奈は聞き取ることができなかった。だが、彼はUAEとハッキリ言っている。UAEといえばドバイが有名な都市だから、哲司には伝わるだろう。

昨夜調べた限りでは、昼過ぎに出発する飛行機に乗ると、おおよそ六時間で到着する。時差の関係で到着が深夜となるフライトしかなかった。初めて行く空港で深夜は避けたかったけれど、仕方がない。ドバイの治安はそれほど悪くないはずだ。

玲奈はウィーンの国際空港に向かうバスを見つけるとそれに飛び乗った。車窓から見えるウィーン・ルエラ・ホテルを見ながら――ごめんなさい、と呟いた。

◇

『なにっ、もう部屋にいない？』

哲司はドイツ語で受付の男性スタッフから説明を受け、驚きのあまり叫んでしまった。夕食に誘おうとしたところ、玲奈は既に部屋を出て荷物も何も残っていないと言う。

――しまった。今日は仕事で籠《こも》りたいから、という言葉を鵜呑《うの》みにしすぎた……

哲司は額に手を当ててはぁっと浅く息を吐くと、受付にいるスタッフを見た。

『他に、何か言っていたか？　どこに行くとか、何か……』

『はい。次はＵＡＥの首都に行かれると言われていました』

『なに？　首都？　ＵＡＥの首都というと、アブダビか？』

『はい、確か、そのような地名を言われていまして……』

哲司に問われた受付の男性は、ここで自らの間違いに気がつかなかった。

『それと勝堂様にお返しするように、とコンシェルジュがこちらの品物を預かっております』

奥の部屋から持ってきたのは、ハイ・ブランドのかばんだ。玲奈にプレゼントしたものだが、彼女は受け取らずに哲司に返すという。まるで求愛を断られたようだ。

「くそっ、なんてことだ」

哲司はかばんを受け取ると、はあっと重いため息を漏《も》らす。

「仕方がない、行こう」

今からアブダビに行く、一番速い方法を探さなければいけない。こんなことで諦められるような恋ではない。そうであれば、玲奈を追いかけるという大胆な真似などできなかった。

アラブ首長国連邦といえば、ドバイが真っ先に思いつくが、玲奈は首都に行ったという。確かに首都のアブダビにも、ルエラ・ホテル・リゾートの系列ホテルがあるにはある。果たしてツィーンから直行便が飛んでいるのだろうか。

今日は、これからまた一緒に夕食をとり、夜景の美しいバーに連れていくつもりだった。玲奈はだんだんと自分の方に傾いている。

昨夜のキスを拒否しなかったのがそのいい証拠だ。けれど、またするりと哲司の腕の中から逃げ出してしまった。まるでしなやかな猫のように。

「参ったな……どうしたら君を捕まえることができるんだ」

手を目に当てて、天を仰ぐがいい考えが思い浮かばない。高価なプレゼントさえも玲奈は拒絶した。

昨日はロマンチックなデートができたはずだ。それでも、また逃げられてしまう。

哲司ははあーっと大きくため息をつくと、ポケットの中にあるハンカチを取り出した。そしてTのイニシャルのついたそれをくしゃりと握りしめた。

◇

ウィーンから出発した飛行機の中は快適だった。流石オイルマネーで潤《うるお》う中東系の航空会社は素晴らしい。提供される機内食も、キャビンアテンダントのサービスも充実している。

機内食には豚肉を使わない中東料理を選んだけれど、どうにも気分が乗らなかった。

いつもの玲奈であれば、ハーブやスパイスの効いたエスニック料理を楽しむところを、一口食べただけでフォークを置いてしまう。

――また、哲司さんから逃げてしまった……

成田、ロンドンに続いて、ウィーンでも。今回は伝言を残しておいたから、心配しすぎることはないと思う。流石に三度も逃げてしまえば、哲司は玲奈のことを諦めるだろう。

それを望んでいるはずなのに、心の奥ではまるで違うことを望んでいるかのように気持ちが落ち着かない。

――今は仕事を頑張らないといけないのに……！

それなのに、瞼を閉じると哲司の面影《おもかげ》を思い浮かべてしまう。あんなにも必死になって追いかけてくる人は今までいなかった。
まっすぐに背筋の伸びた立ち姿は、彼の誠実な性格を表しているようだった。骨ばった固い手で
そっと手を握りしめられると、心まで温かくなった。
もう、姿の美しさだけでなく、彼の内面がにじみ出る一つ一つの仕草も好きになっていた。彼の
低い声を聞くのが好きだった。
――でも、もう終わりにしないと。
かばんを返してまで意思表示をしたからには、流石にドバイに来ることはないだろう。だからも
う、これは終わったこと。
そう思いたいのに、ツンとした痛みに胸を刺され、どうしようもない息苦しさを覚える。こんな
にも哲司に心を奪われているとは思わなかった。
シートにもたれながら、玲奈は何度めかの重いため息をついていた。

深夜、ドバイの国際空港に到着した玲奈は、砂漠気候独特の乾いた空気を大きく吸い込んだ。

――暑い。

まるで真冬から一気に真夏に来てしまったかのような気候に、身体がすぐには馴染《なじ》まない。

それでも十二月のドバイは気温が三十度を下回り、過ごしやすい時期だという。

玲奈はコートを脱いで腕にかけると、深夜にもかかわらず不夜城の如《ごと》く光り輝く空港内を急いで
歩く。

近年急成長しているドバイとあって設備の全てが新しい。深夜なのでタクシー乗り場に行きホテルの名前を告げると、運転手がわかった、と頷いた。

今朝までオーストリアのウィーンにいたのに今は中東にいる。目まぐるしく移動して身体も疲れているが、不安定な心も疲れているようだ。

車の中から流れていく夜景を見ていると、すぐにドバイ・ルエラ・ホテルに到着した。

今回は行先を告げてあるから、哲司もさほど心配しないだろう。でも――

追いかけてきてくれないかと、期待する心がどこかにあった。会うとまた揺さぶられるのに、もう一度あの温《ぬく》もりに触れたいと思ってしまう。

玲奈はその夜、なかなか寝付くことができなかった。


翌日、時差の影響もあって昼過ぎに目が覚めると、喉がカラカラに渇いていた。

寒い地域から一気に暑いところに来たから、身体が馴染《なじ》むまで時間がかかるのだろう。

ぐっと伸びをした玲奈は起き上がると、ホテルに備え付けられている冷蔵庫からミネラルウォーターを取り出した。

「……冷たい」

喉が潤《うるお》って落ち着いてきた玲奈は、せめてホテル内だけでも散策をしようと着替え始める。

ここ、ドバイでは暑くても女性は肌を露出させない方がいい。

玲奈は白い長そでシャツを取り出して羽織ると、手持ちの香水をシュッと髪にふりかけた。

——あ、この匂い。

ウィーンでキスをした夜にもつけていた。

どうしても彼と交わした熱い口づけを思い出してしまう。頭の中から追い出そうとしても、まるで哲司が住みついているようで落ち着かない。

ふーっと息を吐くと、玲奈は窓の外の景色を見つめた。

高層ビルが立ち並ぶ上空には、薄い色の空が広がっている。

今は、少し休んだ方がいいのかもしれない。そう思ったところでお腹がすいていることに気がついた。夕べは深夜の到着だったから、軽くしか食べていない。

もう昼過ぎだけれど、時差の残る身体の感覚だとまだ朝食の時間だった。

軽食でも持ってきてもらい、部屋で食べようか。

今から準備して外に行くよりは、早く食事ができそうだ。玲奈にしては珍しく、できるだけホテル内にいようと思ってしまう。

——もしかすると、哲司さんが来るかもしれないから待っていなきゃ……

再び哲司のことが脳裏をよぎる。一人でいることに慣れているはずが、隣に誰もいないことを残念に思う自分がいる。

本当は、取材を兼ねてドバイの街中を歩いた方がいいのに。こんな機会は滅多《めった》にないのに。

普段であれば、初めての土地は心が飛び跳ねるようにウキウキしてくる。

自分の目で見て、感じたことを丁寧に綴《つづ》ることで、やっと読者が仮体験できるのに。

今は目の前に霞《かすみ》がかかっているようだ。

ルームダイニングのメニューを見てみると、ピザが目に止まる。

——ピザ、かぁ……

どうしてもニューヨークで一緒に食べたピザを思い出してしまう。

トマトソースが美味しくて、生地がもちもちだった。……二人で初めてとった食事のメニューだ。

玲奈は内線電話の受話器を持ち上げると、キッチンに連絡する。

ピザをハーフで、と頼むと少しぶっきらぼうな英語で返事がきた。

——ホテルの紹介文を書くのだから、ルームダイニングの味を知ることも必要だよね。

部屋に残ることの言い訳を考えながら、玲奈は広いベッドに身体を横たえた。

顔をふわふわの枕に突っ伏してみるけれど、何度目かのため息が出てくるだけだ。

しばらくして届けられたトマトソースのピザの上には、チーズがのっている。ニューヨークで食べたものよりも生地が厚めで、ビーフまでついていた。

それでも一人で食べるピザの味は、砂を噛むようでよくわからない。

ニューヨークではあんなにも美味しく感じていたのに……

哲司がいない、そのことだけで玲奈は食欲すら失くしていた。

結局ブランチと思って頼んだピザを残してしまい、冷たくなったピースはその日のうちに食べ終えることができなかった。

翌日も部屋の窓の外を見ながら、玲奈はどこか上の空だった。

大きく広がる窓の先には、大都会の高層ビル群が見える。薄い色の空も美しいのに、パソコンを開いても文章は何も思い浮かんでこない。

仕事をするためにドバイにいるはずが、玲奈は何も書けなくなっていた。

——まだ、哲司さんが来ない……

ホテルの受付に聞いてみても、哲司が玲奈を捜している様子はなかった。ドバイに来てからもう二日もたっている。

哲司がドバイに到着すれば、必ず玲奈のことを捜すだろう。

——本当にもう、追いかけてこないのかも……

ウィーンのホテルに、哲司がプレゼントしてくれたハイ・ブランドのかばんを置いてきた。あれだけはっきりと拒絶したのは自分の方だ。

哲司はあんなにも熱心に口説いてくれたけれど、逃げてばかりいる自分のことをもう諦めてしまったのだろう。

それなのに、どこかで彼の面影《おもかげ》を追いかけてしまう。彼との思い出をなぞり、あの低い声をもう一度聞きたいと願ってしまう。……もう一度、力強く抱きしめてほしいと渇望している。

——私、彼には諦めてほしかったはずなのに。

今は仕事の上でもキャリアを積み重ねる大切な時だ。ようやく軌道に乗ってきているのに、恋愛をするときっと集中できなくなる。

まして、哲司のような大企業のトップの恋人になって、ライターという職業を続けることができるのだろうか。

もう、哲司のことは忘れないといけないのに……

日本を出発する時は、必死になって哲司から逃げようとしていた。それなのに今は彼が追いかけてこないことに胸が張り裂けそうになる。

心はまるで鉛のように重く、異国の景色を見ても何も感じない。

思い出すのは、彼の人懐《なつ》っこい笑顔と玲奈の身体をぎゅっと抱きしめた力強い腕。そして——柔らかい唇と熱い身体。

彼は既に玲奈の心の奥底にある柔らかい部分に触れていた。忘れようとしても、消すことのできない熱を刻み込んでいた。そのことを認めずにはいられない。

つーっと、頬に一筋の涙が零《こぼ》れていく。

——ああ、私。こんなにも哲司さんを求めている。今頃になって、気がつくなんて……

彼の存在がなければ、今の自分は仕事に向かうこともできない。情けなくなるほどに、哲司に会いたい。

強い太陽の光を受けて輝く街並みを見ても、玲奈の心は晴れなかった。哲司がいない、そのせいで自分の心が虚《むな》しくなっていることに気がついてしまう。

——もう、私。彼のこと……こんなにも好きになっている。会いたい、哲司さんに会いたい。

思い返せば、初めて出会った時にはもう彼に惹かれていた。

誰にも涙を見せないようにしていた玲奈が、哲司の前であれば肩ひじを張ることなく泣くことができた。玲奈の全てが無意識に、彼の存在を受け入れていた。

始まった途端に身体の関係を持ってしまい、そのことが余計に心の距離を近づけるのを邪魔していた。でも、哲司は玲奈に関係を迫ることなく、ウィーンで交わしたキスでさえも、あの夜とは違っていた。

哲司はずっと、玲奈のことを大切な宝物のように扱っている。情熱的に抱いてくれたのも、玲奈があの時、それを求めていたからだ。

どうしようもなく、彼が恋しい。……もう、自分の気持ちからは逃げたくない。

玲奈は両腕を組むと自分の身体をギュッと抱きしめた。

まるで迷子になった幼い子どもが親を捜すように、全てを放り投げて彼に会いに行きたくなる。

でも、今更そんなことが許されるだろうか。これまでは哲司から近づくばかりで、玲奈から近づいたことがない。

哲司のプライベートの携帯電話番号も知らず、コミュニケーションをとるためのアプリも連携していない。自分が逃げるためにそうしていたのが、今になって裏目に出てしまう。

――でも、会いたい。彼のことを好きになっていると、きちんと伝えたい。

その時、部屋の中に設置されている内線電話がリリリと音を立てる。玲奈がビクリと驚いて受話器をとると、ロビーに下りてきてほしいと伝言が届けられた。

「哲司さん？　もしかして、来てくれたの？」

慌てて化粧を直すために洗面所に向かう。

目元を直すのは時間がかかるから、口紅だけサッとひくと、玲奈は急いでグランドフロアに行くエレベーターに乗り込んだ。

ロビーまで下りると、広い天井から垂れさがっている緑のカーテンの向こう側に、背の高い男性の姿が見える。見間違えるはずもない、哲司が立っているとわかり、心臓がドクンと強く鼓動する。

「——っ、哲司さん！」

彼は砂ぼこりを被ったのか白いはずのシャツが黄色く変色し、これまで見たこともないほどに疲れた顔をして立っていた。身体全身に砂をつけ、靴も泥だらけのようだ。

玲奈は急いで駆け寄った。

会いたかった、追いかけてほしいと思った彼が今、目の前にいる。玲奈は哲司の普段と違う姿を気遣う余裕もなく、彼に近寄ると手を伸ばした。

「哲司さん……」

ようやく会えた哲司の側に立ち、彼の腕に手を添える。すると哲司は玲奈を振り返り、大きく目を見開いた。

「玲奈さん、やっぱりドバイだったか！」

「え、ドバイって、私……」

ドバイに行くと伝言しておいたのに。そう言い終わらないうちに、哲司がもう離さないとばかりに玲奈を強い力で抱きしめた。

「――無事で、よかった！」

「て、哲司さん？」

人目をはばからず抱きしめてくる。玲奈の顔を胸元に引き寄せながら、「よかった」と何度も呟いた。彼のシャツが頬に当たりくすぐったい。玲奈の胴に巻きついた力強い腕から、彼の熱が伝わってくる。

玲奈はそっと両腕を彼の広い背中に回した。

――やっと、会えた。追いかけてきてくれた。こんなにも、逃げてばっかりの私を捕まえにきてくれた。

嬉しさで心までもがぎゅうっと掴まれている。さっきまでの涙とは違い、鼻がツーンと痛くなる。気がついたら、眦《まなじり》からまた涙が流れていた。

「哲司さん、私も会えて嬉しい」

胸元に当てた耳が哲司の早打ちする鼓動の音を拾う。

――あぁ、哲司さんも喜んでくれている……！

玲奈は顔を埋めたまま、哲司の引き締まった身体に身を寄せた。

もう、この熱を離したくない。

そうしていると、上からパラパラと砂が降ってくる。

どうして？　と思って見上げると、哲司が「あ、しまった」と言い、腕を少し離す。

「哲司さん、あの……どうしたの？　その砂ぼこりは？」

「あ、あぁ、すまない。君も汚れてしまったね」

哲司は優しく目を細めると「まずは着替えようか」と、ホテルのエスカレーター乗り場へ身体の向きを変えた。

「玲奈さんも、よかったら部屋に来てくれないか」

「はい、行きます」

玲奈は戸惑うことなくはっきりと返事をした。どうして哲司がこんなにも疲れた顔をしているのか、こんなにも汚れた格好をしているのか、何よりもこんなに遅くなったのは何故なのか、聞きたいことがたくさんある。それに、自分の気持ちもきちんと伝えたい。

哲司はかばんを持つと、エレベーターで最上階フロアのボタンを押した。その階はオーナーズ・スイートと言われる特別客のための階だ。

「僕がオーナーだとわかった途端、ここしか空《あ》いていないって」

「スイートですか？」

「うん、リビングもあるから、そっちの部屋で待っていてくれるかな」

「……はい」

哲司が言った通り、スイート・ルームにはベッドルームの他にも広いリビング、そして小さなキッチンもついている。

アメニティも最高級品をふんだんに取り入れ、ルーム・フレグランスも様々な香りが揃っていた。

そして何よりも贅沢《ぜいたく》なのは、高層階ならではの景色だった。

「わぁ、綺麗！」

開けた視界からは、太陽の光を受けて輝く海原が見える。玲奈の部屋は低層階だったため、窓から都市の風景を楽しめても、一面に海が広がることはなかった。

一人でいた時に見た海と、まるで違う色をして輝いている。

哲司に会えた、そのことだけで異国の風景が心に響く。

――私、もう一度哲司さんに会うことができてよかった……

今朝になっても姿を見せなかったから、もう追いかけてこないと諦めていた。

それなのに彼が来たと知った瞬間に、哲司を想う気持ちが走り出す。

彼が追いかけてきてくれた、また再び会うことができた。そのことを奇跡のように感じ、玲奈は嬉しさを噛みしめた。

部屋に入るなりシャワールームに行った哲司は、砂ぼこりにまみれた身体を洗っている。

すぐ近くに哲司がいる、それだけで嬉しくなった玲奈はまた、ぽろりと涙を流して目を擦《こす》っていた。

「玲奈さん、お待たせして申し訳なかった――って、どうした？」

シャワーを終えた哲司は短いズボンにTシャツといったカジュアルな服装に着替えている。

髪をタオルで拭きながらも、玲奈の顔を覗き込んできた哲司は、玲奈の頬に涙の痕が残っているのを見つけた。

「泣いていたのか？」

さっぱりとして、シトラスの香りをまとった哲司が玲奈の隣に立つと嬉しくなり——

「哲司さんっ！」

玲奈の方から哲司の胸元に飛び込んでいった。広い背中に腕を回すと、シャワーを浴びた後の哲司の身体からふわりと熱が放出されていることがわかる。

——あぁ、私。哲司さんに捕まっている。

彼が追いかけてこない、もう会えないかもしれないという不安は、哲司の顔を見た途端に溶けてなくなった。今、胸の中にあるのは彼のことが好きだという想いだけだ。

「玲奈さん、急にどうした？」

「哲司さんが、追いかけてきてくれて嬉しかったの」

「え、それって」

「もう、私……私、哲司さんのことが……好きで——」

玲奈が最後まで言い終わる前に、哲司は玲奈に覆いかぶさるようにして、熱い唇で小さな口を塞いだ。

哲司の唇は、玲奈の唇を食《は》んだ後、貪《むさぼ》るように舌を絡めてくる。

その劣情に圧倒されながらも玲奈は、哲司に求められていることに胸がいっぱいになっていた。

「少し、話をしようか」

長いキスのあとで、気持ちを落ち着かせた哲司は玲奈を三人掛けのソファーに座らせると隣に腰掛けた。

玲奈の手をしっかりと握りしめ、自らの太腿の上に置いている。肩はぴったりと触れていて、二人の間に距離がなくなっていた。

「玲奈さんは、ドバイに行くと伝言したんだね……」

「はい、ウィーンのホテルの受付で、男性スタッフに伝えました」

「はぁ、彼か……」

そう言った哲司は空《あ》いていた方の手を額に置いて、考え込むような姿勢をとった。

「僕は、彼から君がアラブ首長国連邦の首都に行ったと聞いて、アブダビに行ってしまった」

「え、アブダビですか？」

「あぁ、おかしいと思ったよ……ドバイでなくてアブダビだなんて。だが、彼が首都だと言い張るから」

「もしかして、この国の首都がドバイだと思ったのでしょうか、ね？」

「それもありうるな。アブダビなのか？　と聞いたら、そうだ、と言うから鵜《う》呑《の》みにしてしまった」

「そんな、ではこんなに遅かったのは……」

「あぁ、アブダビに行って、そこから車でドバイまで来たんだが、途中で車が故障してしまってこのざまだ」

「途中で故障って！　砂漠の真ん中で？」

玲奈は思わず高い声を出してしまう。いくら発展した都市とはいえ、ここはもともと砂漠の国だ。そのような土地で車が故障すると命取りになりかねない。

「いや、高速道路だったから、まだなんとかなったよ。砂嵐には参ったけどね」

「哲司さん、そんなに苦労して……」

「でも、苦労してでも来た甲斐《かい》があったよ」

「そんな――」

哲司は蕩《とろ》けるような目をしながら、空《あ》いた手で玲奈の髪を愛しそうに梳《す》いている。その手が、また玲奈の顎にかかった。

「玲奈さん、さっきの言葉は嘘じゃない？」

「さっきの言葉って」

「僕のこと、好きだって言ってくれた」

「……はい」

「では、改めて僕の――恋人になってくれる？」

玲奈は、ウィーンを離れてからの自分の気持ちを振り返った。哲司のいない時間が切なかった。もう追いかけてこないと思うと、仕事も手につかなかった。そんな状態が辛かった。

哲司と恋人になる約束を心からしたいと思った玲奈は、覚悟を決めた。

「はい、……私でよければ」

「玲奈さんがいいんだ。いや、玲奈じゃなければ、もう僕は――」

また、哲司は玲奈の唇を塞ぐ。甘く吐息を漏《も》らしつつ、雄そのものの視線で射るように玲奈を見ながら、舌を絡ませる。

「玲奈、好きだ」

抱きしめてくる哲司の腕が熱い。想いを交わし合い、そのまま重なるように視線を交差させると、哲司はごくりと喉を鳴らした。

「ベッドに連れていっても、いいかな」

「……はい」

はにかみながら返事をする玲奈を横抱きにした哲司は、危なげない足取りでベッドまで運ぶと、大切な宝物のようにゆっくりと降ろした。

「ここからは、優しくできないかもしれないけど」

「私も、嬉しいから哲司さんの好きにして」

「ああ、もう玲奈……そんな煽《あお》るようなことを言って、君は僕をどうしたいんだ」

哲司が目を細めて、その大きな手で玲奈の頬を包んだ。

恥ずかしげに下を向いた玲奈の顎を持ち上げると、哲司は瞳の奥に欲望を灯らせ、まっすぐに玲奈を見つめた。

「愛しているよ、玲奈」

哲司の熱のこもった吐息と共に告げられた心情が、玲奈の欲情に火を灯した。

◇

ようやく頷いてくれた玲奈の頬にそっと触れる。ここから先は、ニューヨークの夜以来になる。何度も思い返しては、近くにいる彼女に触れたいと願っていた。

自分の劣情を抑え、紳士であるように振る舞うことにも限界が近かった。

「玲奈、ごめん、嬉しすぎて……優しくできるかな」

恋人になった玲奈が、さっと頬を赤く染める。それだけで全身を流れる血が熱くなった。

白いブラウスのボタンを外すのももどかしい。ニューヨークでも、こうしてボタンを一つ一つ外していき、着やせする彼女の隠れていた大きな乳房を見つけて興奮した。

やっと全てを外すと、形のよい乳房を花柄のブラが覆っている。

「可愛いけど、外すよ」

手を後ろに回してホックを外すと、玲奈は恥ずかしそうに下唇を噛みながら俯《うつむ》いていた。

「玲奈、君の可愛い顔を見せて」

はっとした顔をした玲奈が、顎を上げて見つめてくる。――可愛い。

肩紐を外して腕からブラを引き抜くと、上気した白い肌が目の前に現れた。ふるりと揺れる、乳房の先端が色づいている。

「玲奈……綺麗だ」

哲司は玲奈の背中側に移動すると、後ろから手を伸ばして豊満な乳房をすくうようにして触れた。たわわに実った果実のように、手に収まりきらない柔らかな乳肉の重さを味わう。

――あぁ、いい。

うなじに唇をはわせながら、彼女の弱い耳元に息を吹きかけるとビクリと身体が震える。

「声、抑えないで。君の声が聞きたい」

促すように声をかけ、尖った先端を柔らかくつまむ。

ピンク色に染まった少し大きめの乳輪の色が濃くなり、乳頭を二本の指を使って挟むと、それだけで彼女のくぐもった声が喉の奥から漏《も》れてくる。

「んっ、んんっ……はあっ……あっああっ」

窓一面に広がる蒼《あお》い海原に、光が反射している。

寝室に降り注ぐ光を身体中に浴びると、玲奈の白い肌が一段と輝きを増し、ほのかにピンク色に染まる。

――もう、逃がさない。ようやく捕まえた君を、もう離さない。

さっきから痛いほどに勃《た》ち上がったペニスがボクサーパンツを押し上げている。玲奈の臀部《でんぶ》を太腿に乗せ、たぷんと揺れる乳房を揉みしだきながら腰を押し付けた。

「あぁ、玲奈。好きだ、――たまらないよ……」

彼女の全身から立ち上る花のような匂いが、鼻腔《びこう》の奥をくすぐる。

ようやく自分の腕の中に落ちてきた彼女を今すぐ突き上げたくなるが、まだその時ではない。

まずは、全身を愛撫《あいぶ》して何度もイかせてからだ。

「はああっ……あんっ、あっ、あっ」

耳たぶを甘噛みしつつ手をそっと臍に落とし、スカートの上から太腿を撫でる。

「玲奈、スカートを脱いで」

モノグラムの柄のスカートのファスナーを、玲奈はゆっくりと引き下ろしていく。残ったストッキングもすぐに脱がせると、触り心地のいい滑《なめ》らかな太腿が現れた。

「君の肌は、どうしてだろう。凄く柔らかくて……ずっと触れていたい」

撫で回し、玲奈の肌を堪能《たんのう》する。みずみずしい肌がだんだんと桃のように色づいていく。

「もう、これも外すよ」

ショーツを脱がすと、しっとりと濡れた秘裂が現れ、茶色の和毛《にこげ》が現れる。

玲奈は髪の毛も柔らかいが、この下の毛も同じように柔らかくて薄い。秘裂に沿って指を入れると、愛蜜がたっぷりと垂れていた。

「あぁ、もうこんなにも濡れている。玲奈の胸は敏感だね、嬉しいよ」

「そんな、言わないでいいからっ」

片方の手で乳房を揉みつつ、もう片方の手でぷくりと膨らんだ芽をなぞる。

指の腹を押し当てながらくにくにと捏《こ》ねると、玲奈の身体がピクリと揺れ、可愛い声が漏《も》れる。

「はっ、ああっ、あんっ、ねぇキス、したい……っ」

「いいよ、こっちを向いて」

上を向いた彼女の赤く色づいた唇を舐めると、それを合図に玲奈は口を少し開けた。あとはもう、舌先で味わうように口内の柔らかい部分を舐め、唾液を入れる。

ゴクリ、と喉を鳴らしてそれを呑んだ彼女が可愛くて仕方がない。

止まらない劣情のまま、貪《むさぼ》るように口づける。逃げる舌に絡みつき、吸い上げる。次第に玲奈も自ら舌を絡めるように動き始めた。

一旦唇を外して服を破るような勢いで脱ぎ、最後に残ったボクサーパンツも下ろしていく。するとギンギンに勃《た》っているペニスが現れた。玲奈が目を見開いている。

「ね、ねぇ、触ってもいい？」

「ん？　どこを？」

「……ここ」

玲奈は空《あ》いている手でいきり立っているペニスに触れた。

先端から既に透明な液が滴《したた》り落ちる、ピキピキと血管が浮き上がったそれに細い指が触れ、軽い刺激だけでイきそうになる。

「っ、くっ」

「ダメ？」

「……ダメじゃないよ」

腹に力を入れて返事をすると、玲奈は指で輪を作り竿の部分を扱《しご》き始めた。

時折、先端の液をすくい亀頭部分に広げ、手のひらで優しく撫でる。

――これは、たまらないな……

彼女に教えたのが自分ではないことで、過去の男に嫉妬して煽られる。

だが、これからは自分だけが相手になればいい。

唇を合わせて互いの性器に刺激を与えていると、どうしても彼女を暴きたくなる。もっと愛撫《あいぶ》したいと思うのに愚息は言うことを聞かず、今にも爆発しそうになっていた。

「もうダメだ、玲奈。イくなら君の中で果てたい」

「えっ」

動きを止めてヘッドボードに置いた真新しいゴムを取り出しペニスに被せ、正面を向かせるようにして玲奈を座らせる。

対面座位の形にすると、玲奈は哲司の肩に手を置いた。

硬いペニスの先端を蜜口に合わせたところで、声をかける。

「今度は玲奈から降りてきて。そう、そんな風に……」

玲奈は細い腰をくねらせながら、ペニスをゆっくりと咥え込んでいく。

媚肉《びにく》が絡みついて締めつけ、それだけで果てそうになるのを堪《こら》え、目の前にある白くたわわな乳房を見る。

「君のこの、綺麗な胸を吸いたい」

「あっ、え？」

玲奈の背中に回している手に力を入れ、自分の顔面に突き出された乳頭をぱくりと咥えると、キュッと膣内が縮んだ。可愛い。

夢中になって乳首を舐めながら空《あ》いた方の手で乳房を揉みしだき、下からは小刻みに振動させる。

「玲奈、はぁ……たまらないよ」

初めて見た時から、彼女の美しい乳房が脳に焼き付いていた。

今はその美乳と媚肉《びにく》の両方を堪能《たんのう》している。二カ所を同時に刺激された彼女は、「ふっ、ううっ」と掠《かす》れた声を出した。

「自分で動ける?」

「う、うん」

自分の重みがかかる分、深いところに当たっているのか、ぎこちない動きをしている。

物足りない刺激にもっと腰を動かしたくなるが、玲奈が自分で官能を拾い上げるように動いている。んっ、んっともどかしい動きがまた、腰にくる。

「あっ、ああっ」

胸を揉みつつキスをすると、ぬちっ、ぬちっと蜜が溢れる音が漏《も》れてきた。

「僕を見て、玲奈。今、君を抱いているのは?」

「っあっ、テツ、哲司さんっ」

舌足らずな声で自分の名を呼びながら彼女が腰を振っている。

捜して、追いかけて、ようやく捕まえることのできた玲奈が、自分を潤《うる》んだ目で見つめている。

それだけで堪《こら》えきれなくなった哲司は、玲奈の細い腰を持つと腰を突き上げるように動かし始めた。

「あっ、ダメっ……ダメなのっ、はぁあっ、……あっ、ふかいっ」

舌を絡ませ、玲奈の身体を激しく揺らす。ぱんっ、ぱんっと肉と肉とがぶつかり合う音を出しながら、次第に抽送を速めた。

「あっ、ああっ、……んっ、あああっ」

「……っ、くっ、いい、だめだっ、出るっ」

玲奈が達するごとに締めつけが強まっていく。目の前にいる彼女の媚態《びたい》に脳が焼き切れそうだ。

これまで感じたことのない愉悦に哲司の身体がブルリと震え、ありえないほどの精が吐き出されていく。

——悦《よ》すぎるっ。

柔らかい玲奈の身体を抱きしめたまま、一度目の吐精はあっけなく終わった。

「はぁっ、はぁっ、玲奈、すまない……」

息を荒げつつ謝ると、玲奈は「どうして?」といった感じで首を傾げた。

「君を、十分に達《イ》かせていない。ちょっと、堪《こら》えきれなくて……」

「哲司さん?」

ずるりと蜜洞からペニスを抜くと、その刺激に玲奈が「んっ」と甘い声を出した。それだけでまた硬くなる。

広いベッドの中央に彼女の身体を横たわらせ、その隙にゴムを取り替える。

いつかなんの隔《へだ》てもなく彼女を抱きたいけれど、今はまだ始まりに過ぎない。ようやくこの腕の中に抱きしめることのできた玲奈と、ゆっくりと愛を交わしたい。

「玲奈……離さないよ」

「うん、私も。一緒にいたい」

玲奈が腕を伸ばし、哲司の首を抱きしめて口づけをねだる。可愛らしいその仕草に思わず唇で弧を描いた哲司は、顔をゆっくりと下ろした。

ちゅく、ちゅくと音が立つほどに唇を重ねながら、哲司はもう一度硬く勃《た》ち上がったペニスを玲奈の太腿に擦《こす》りつけた。

「もう、逃げない？」

「に、逃げないから……捕まえていて」

吐息交じりに潤《うる》んだ瞳で見つめられた哲司は、思わず「うっ」と唸《うな》りながら目元を赤く染めた。

——あぁ、今日はもう何度でもできそうだな。

そして必ず玲奈を蕩《とろ》けさせて、自分を刻みつける。

密かに決意した哲司は、国際線に乗ってきた疲れも見せずに玲奈の首筋にキスを落とす。そのまま胸を愛撫《あいぶ》した手で脇腹を撫で、形のいいお尻の丸みも確認するように優しく撫でた。

「本当に君は、スタイルがいいな……」

細くくびれたウエストに不釣り合いなほどに大きな乳房。触り心地のよい肌。男を魅了するそれら全てに、哲司は所有印をつけていく。

――もう全部、僕のものだ。

玲奈の息が上がってきたところで、哲司は自身の熱棒を握るとぬかるんだ秘裂に沿わせ、つぷりと埋めていく。

「あっ、はぁあっ……哲司さんっ」

「玲奈、好きだ」

ゆっくりと挿入させ、馴染《なじ》ませるように二度、三度と浅い部分をひっかけるように扱《しご》くと玲奈の声色が変わっていった。

「ああっ、あああっ」

「ここかな？」

腰を回すようにして中を捏《こ》ね、ぷくりと膨らんだ花芽を指でさする。

抽送を繰り返しながら膨らみをキュッとつまむと、玲奈は一層甲高い声を上げ、ふるりと白い身体を震わせた。

「玲奈、イった顔も可愛い。もっと見せて」

はぁはぁと息を荒げた彼女は、キッと哲司を睨むと「もうっ、言わないで」と照れる。

「どうして？　玲奈はこんなにも可愛いのに」

「私らしくないでしょ」

「玲奈、僕は強がりな君も、こうして腕の中で蕩《とろ》けている君も、大好きだよ」

「もうっ、哲司さんは甘いんだから……」

「君だけだ。僕がこんなにも甘くなるのは。そして、こんなに興奮するのも」

ぬちっ、ぬちっと音を立てながら律動を速め、最奥を目指して腰を振る。

手を絡めてシーツに縫うように押さえ、肌を合わせる。

玲奈の勃《た》ち上がった乳首が哲司の肌に触れ、それさえも甘やかな刺激になり脳天を蕩《とろ》けさせるようだ。

「玲奈っ、玲奈っ……愛している、れなっ」

掠《かす》れた声を出しながら最後とばかりに奥を突くと、玲奈も律動に合わせるように腰を揺らす。彼女が愉悦を拾い、絶頂している間に激しく抽送し、哲司も身体を震わせ欲望を思いきり吐き出した。

――あぁ、幸せだ。

多好感が全身に行きわたり、哲司は玲奈のうなじに顔をつけて大きく胸を上下させる。

同時に細い身体をかき抱いた。

「哲司、さん？　大丈夫？」

「あ、あぁ……ありがとう、玲奈」

「どうしたの？」

「嬉しいんだ。君と、玲奈と、ようやく一緒になれた……」

気がつくと、頬に一筋の雫が落ちていく。

――嬉し涙なんて、本当にあるんだな。

「うん。私も嬉しい。――こんなにも、哲司さんのことが好きなの」

肌と肌を合わせながら、哲司はついばむようなキスを玲奈の顔中に落とした。

熱を分かち合うように抱き合った二人は、長い時間をかけてお互いの愛情も分かち合った。

◇

ベッドルームに入る日差しを感じて、手触りのいいシーツを触りながら目を開いた玲奈は、隣に哲司がいないことに気がついた。

「あれ、哲司さん……？」

「玲奈、起きた？」

起き抜けなのか、整髪剤も何もつけていない哲司の髪の毛が無造作に下りている。

短パンだけを穿《は》いた哲司は、冷蔵庫からミネラルウォーターのボトルを持ってくると、玲奈が横になったままのベッドに来た。端に腰かけるとギシッとスプリングがたわむ。

「身体、大丈夫？　昨日はまた無理させてしまったかな？」

低い声が心配そうに聞いてくる。それは耳元で何度も好きだ、と言って玲奈の心を震わせた声と同じ声だ。

「だ、大丈夫……じゃないかも」

玲奈は耳元を赤くして冷たいボトルを受け取った。何もつけていない胸元を白い上掛けで隠しつつ、蓋を開けて飲み始めると、渇いた喉に染み込んでいく。

「夕べは、いっぱい可愛い声を聞かせてくれたから、喉が渇いているよね」

そんな言葉を恥ずかしげもなく言いながら、哲司は爽《さわ》やかに笑った。これまでになく柔らかくなった目元が哲司の優しさを表している。

「うん、……ありがとう」

「どういたしまして。前は寝ているうちにいなくなっていたから、今日は玲奈より早く起きることにしていたんだ」

「それはっ、もう言わないでっ」

哲司は顔を近づけると、玲奈の頬に柔らかい唇でそっと触れた。

「そうだったね、今朝はこのくらいにしておかないと、我慢できなくなりそうだ」

ははっと笑うその顔を見た玲奈は、ふと言葉を漏《も》らす。

「我慢？　しなくてもいいよ？」

深い意味もなく口にした言葉を聞いた哲司は、一瞬キョトンとした後で、ぎらり、と日を光らせた。

「玲奈、その言葉の責任を、早速とってもらおうかな」

「えっ？　あっ、そういう意味じゃなくてっ」

「もう遅いよ、我慢しなくていいんだろ？」

口角をくっと上げて雄の顔をした哲司が、ベッドに乗り上げてくる。

昨日も散々貪《むさぼ》られた身体に手を伸ばした彼は、再び玲奈に覆い被さると顔面にキスを降り注いだ。

「もうっ、まだ朝だよっ」

「朝だからいいんだよ……玲奈だけだ」

不埒《ふらち》な動きを始めた大きな手が、玲奈の白い肌の上を這っている。哲司の全身で愛していると伝えられているようで、嬉しくなる。

「哲司さん、大好き」

少し髭《ひげ》の生《は》えた頬にキスを返すと、哲司が目の色を変えた。半分遊びだった手の動きが、途端にいやらしさを増す。

「あっ、はあっ」

つぷりと指が入り、花芽の裏側のざらりとした箇所を撫でられ刺激される。口内の柔らかい部分を重ねるようにキスをしながら、ぷくりと膨らんだ花芽をくにくにと捏《こ》ねられた。

いつのまにか伸びてきた手が玲奈の揺れる乳房を鷲掴《わしづか》みにして、揉んでいる。

二本に増えていた骨太の指でリズミカルに内側を押され、玲奈は思わず高い声を上げた。

「あっ、ああ――っ」

身体中を快感が貫いていく。目の前が白くなるほどの絶頂を味わうと同時に、プシュッと潮を吹いて哲司の手を濡らしてしまった。

「やっ、どうしよう……濡らしちゃった」

「大丈夫だよ。上手にイけたね。可愛いよ、玲奈」

哲司は髪を撫でながら玲奈が落ち着くように額にキスをすると、「次は僕も一緒にイきたい」と言い、硬く勃《た》ち上がったペニスの先端をちゅくちゅくと蜜口に合わせた。

それだけで、甘い感覚が玲奈を疼《うず》かせる。

「どうしてほしい？　玲奈？」

「そんな……聞かないで」

「君の口から聞きたいな。これ、どうしたらいい？」

哲司は舐めて湿らせた唇で弧を描き、鈴口を塗りつけるように刺激を与えながら玲奈に卑猥《ひわい》な言葉を言わせたがっている。

「もうっ、意地悪なんだから……早く来て」

「それじゃダメだよ」

尖った胸の先端に哲司の胸板が触れる。擦《こす》り合わせるように哲司が動き、その刺激だけでどうしようもなく疼《うず》いてくる。

「だからっ……その、哲司さんのおっきいのが欲しいのっ！」

「仕方ないな」

くつくつと笑って上機嫌になった哲司は、一気に腰を押し進めた。

「あっ、はああっ」

敏感になっていた身体は、その刺激だけで軽くイってしまう。

ぴくぴくと身体を震わせた玲奈をじっと見つめていた哲司は「イったみたいだね」と呟くと、腰をゆっくりと前後に振って抽送を始めた。

「凄いよ、玲奈。……いつまでもこうしていたい」

はっ、はっと呼吸を速めながら、哲司は玲奈の身体を穿《うが》つ。その動きでギシッとベッドが鳴り始めた。

昨日と違い的確に玲奈の感じるところを把握した哲司は、容赦なかった。

「玲奈は奥の方を突きながら、ここをいじるのがいいみたいだね」

哲司は敏感になった花芽を指の腹でこすり、硬い熱杭を最奥へ穿《うが》つ。

速すぎないスピードでゆすぶられると、それだけで玲奈の敏感な身体は快感を拾い上げ、桃色に染まる。

「あっ、も、そこだめっ、もうっ、だめになっちゃうっ」

「いいよ、もっとだめになって」

舌を吸われながら膣内を突かれると、もっとだめだった。飛んでしまう、という直前まで持っていかれ、高い声で喘ぐばかりだった玲奈はまた濡れた声を上げた。

「あっ、はぁああっ、ああ――っ」

「はっ、くっ――出るっ」

突き上げたペニスを引き抜き、哲司は最後に手で扱《しご》いて白濁した液を玲奈の白い腹の上に吐き出した。

はぁっ、はぁっと荒い息をする玲奈を見つめながら、哲司は濡れタオルを手に取って彼女の身体をそっと拭き始める。

「玲奈……ごめん、こんなところに出してしまった」

「うん、哲司さん。……その、気持ちよかった？」

それほど経験もない玲奈には、哲司が果たして自分の身体で満足できるのか自信がなかった。哲司ほどの人であれば、女性に困ることなどなかっただろう。

そうした彼の過去を想像すると、胸にツキンと痛みを覚える。

哲司はタオルを脇に置くと玲奈の隣にごろんと横になって髪を撫で始めた。

「もちろんだよ。他でもない、君を抱いているのだから……気持ちよくないわけがない」

「でも、哲司さんなら他にも」

「黙って」

頭を抱え込まれた玲奈は、哲司の厚い胸元に顔をくっつけた。

「玲奈、僕にとって君は唯一だから、他と比べることなどできない。僕が今もこれからも抱くのは玲奈だけだから……いいね」

「……っ、はい」

玲奈の返事を聞いた哲司は、再び「愛しているよ」と甘く囁《ささや》きながら温かいキスを玲奈の顔面に降らせた。すると玲奈は深い愛情に包まれるような感覚になる。

——嬉しい。こんなにも、愛されている……

二人は肌を合わせてお互いの温《ぬく》もりを確かめ合った。

「ね、哲司さん。午後はどこか、お出かけしたいな」

「うん、そうだね。どこに行きたい？」

ルームダイニングでサンドイッチとコーヒーを頼んだ二人は、明るい陽射しの中で軽めの昼食をとった。

まだちょっと身体のあちこちが痛いけれど、動けないほどではない。せっかくのドバイ、見たいところはたくさんある。

「えっと、あの高い展望ビルってなんて名前だったかなぁ。名前が出てこない」

「バージュ・カリファかな、新しくできたドバイ・フレームも面白そうだよ」

「そうそう、バージュ・カリファ！　昨日、近くまで行ったんだけど……一人では上る気になれなくて」

「玲奈。これからは二人で行こう、どこでもね」

「哲司さん……ありがとう」

昨日とは打って変わって、玲奈の心は晴れ晴れとしている。枯れていた好奇心も、むくむくと芽を出していた。

今なら、ドバイの有名な観光地をどこまでも見て回りたい。哲司が傍にいるだけで、玲奈の心は安定し始め、仕事のモチベーションも上がってくる。

彼の隣にいる幸せを、玲奈はゆっくりと噛みしめていた。

「凄ーい、もう、凄いしか言えない……」

世界一の高層ビルというバージュ・カリファの展望台エリアに、高速エレベーターで一気に昇っていくと、そこからはドバイの絶景を眺めることができた。

窓からは、下にあるドバイの街並みがミニチュアのように見える。

「哲司さんはここに来たことがあった？」

「あぁ、一度仕事で来た覚えがあるな。たまたま仕事相手が上層階に住んでいる人で、このビルを案内してくれたよ」

「そうなんだね……でも、こんな高いところに住むとなると、怖くないのかな」

「はは、彼はいたく満足していたよ。僕はタワーマンションとかいいなって思うけどね」

「そうなの？」

「でも、玲奈が怖いと思うなら買わないでおくよ」

「……」

ふとした会話に、生活のランクの違いを感じてしまう。このビルに住むことのできる人となると、世界でも有数のお金持ちになる。

それに哲司は簡単にタワーマンションと言うけれど、高層階は億単位でないと購入できない。こうした言葉を聞くと、自分のような庶民が哲司と本当に付き合っていけるのか、と不安になる。

けれど、あれほど必死になって追いかけてきてくれた哲司だから、彼の愛情を信じて恐れずに前を向いていこう。

玲奈は哲司に握られている手を、ギュッと改めて握り直した。

夕食は盛大な噴水ショーで有名なドバイ・ファウンテンを鑑賞しようと、テラス席のあるレストランで食事をとることにした。

水しぶきがかかる手前の席で見る噴水は想像以上に迫力がある。

「ドバイ、初めて来たけど勢いが違うね」

「うん、とにかく世界一、を目指すところが凄いよね」

展望台も水族館も、今見ている噴水も、スケールが他の国と違う。歴史的な建造物の多いヨーロッパと異なり、何もかもが新しく作られた都市だからか、至るところに最新の技術が使われている。

今夜の食事もシーフードを中心としたフュージョン料理で、どこの国の味ともわからない。

それがまた、未知の味わいがある。メイン・ディッシュを食べ終わり、デザートにプディングを注文した哲司が少し真剣な顔をして玲奈を見つめた。

「玲奈、この後のことだけど」

「うん」

「日本に帰るフライトを予約してもいいかい？」

哲司を見た玲奈は、そうだよね、と思い、手に持っていたコーヒーカップを置いた。

「うん、仕事もあるからね」

依頼された三つのホテルの紹介文はほぼ書き終わっている。哲司も休暇をとっているとはいえ、忙しい身分には違いない。

ようやく哲司と想いが通じたけれど、日本に帰らないといけない。それはまるで、海外という夢の中から地上に降りていくような気分だ。

ＣＥＯである哲司の立場を思い知らされ、少し重い気持ちになってしまう。

「玲奈、このまま君といたいけれど、多分お互い疲れがたまっていると思うんだ。僕も正直なところ、帰って取り組まないといけない仕事がある」

「うん……」

「だから明日、もう一日一緒にデートをしたら、明後日《あさって》の便で帰ろうか」

「明日は一緒に過ごせるの？」

「大丈夫だよ、僕だって玲奈と一緒にいたい。だから、どこに行くかまた後で決めよう」

「うん！」

日本に帰るにしても、明日は一日哲司と一緒にいられる。

玲奈はドバイにいる今を楽しもうと屈託のない笑顔を返す。

玲奈はこれまで、仕事を第一にして生活をしてきた。

哲司とはまだ仕事のバランスについて話してないけれど、これまでの態度からするに玲奈の気持ちを尊重してくれるだろう。

今は自分の気持ちに素直になって、哲司に甘えていたい。玲奈はくすぶる不安に蓋をして、ドバイの砂漠に想いを馳せるのだった。

「ほら、ラクダに乗りたいって言ったのは玲奈だよ」

「えぇ～、でも、こんなに背が高いと思わなかった！」

せっかく中東に来たからには、近代的な建物だけでなく砂漠も体験してみたい。

そんな玲奈の要求を叶えるため、ツアーガイドを手配した哲司が連れてきてくれたのはキャメル・ファーム（ラクダ農場）だった。

こぶとこぶの間に座ると、途端に視界が開けてくる。見渡す限りの砂漠の向こう側で夕日が地平線に落ちていき、エキゾチックな雰囲気だ。

ここに来る前に立ち寄った、スークと言われる市場で買ったオリエンタルな柄の布を帽子替わりに頭にかぶる。すると一気に気持ちはアラビアン・ナイトに変わった。

ラム肉を使ったバーベキューディナーに舌鼓《したつづみ》を打った後は、ファイヤーショーまである。

「どうですか？　お姫様、満足していただけましたか？」

「うん、砂漠でラクダに乗るなんて、夢だったの！」

ホテルに帰りつくと、もうすっかり夜も更《ふ》けていた。明日は日本に帰国するため、十二時間もかかる長時間のフライトだ。

「哲司さん、今夜は私、荷物の整理もあるから元の部屋に戻って休むね」

「何を言っているんだ、玲奈。君が寝るのは僕の隣だよ」

「え、で、でも……明日はフライトが長いから、身体を休めた方がいいよ」

「ダメだ。日本に帰ったら、まだ別々に暮らすことになるから、今夜は特に一緒に過ごしたい」

「哲司さん……」

昨日の夜も求められるまま、哲司に身体中を愛された。今朝も午前中は動けなかったほどだ。

「それとも玲奈は、僕と離れても平気なのか？」

「ううん、そうじゃなくて。哲司さんの身体が心配なの」

「僕の身体？」

「うん、だって……昨日も激しかったし」

哲司と離れるのは寂しいけれど、近くにいると彼が無理をしすぎないか心配になる。

「玲奈、おいで」

哲司は腕を広げて玲奈を招いている。彼の甘い声に引き寄せられるように、玲奈はソファーの座る位置を移動した。

ぽすっと音が鳴って哲司の腕の中にすっぽりと入ると、彼は目を細めて玲奈を見つめた。

「僕はずっと会いたかった玲奈に会えて、ようやく君を捕まえることができたんだ。少しぐらい、無理をしてでも君と一緒にいたい。男として、玲奈の全てを愛したいんだ」

「哲司さん、嬉しい。私も」

好き、と言い終わる前に哲司の柔らかい唇が下りてきた。

「玲奈、今夜も君を愛したい」

吐息と共に低い声で囁《ささや》かれると、玲奈はもう「ダメ」とは言えなかった。その夜も二人は身体を重ね、想いを深め合った。


哲司の用意したフライトの席はファーストクラスだった。

仕切りのある個室のような座席で、シート全体がフラットになりベッドのように使える。初めてファーストクラスを体験した玲奈は、寝不足な身体を十分休めることができた。

――哲司さん、座席で眠れるからって、もうっ……

まるで箍《たが》が外れたかのように玲奈を求めてくる哲司を、昨夜も止めることができなかった。そのことを思い出すだけで、思いっきり顔が赤くなる。

特に哲司の手を見るといけない。あの節くれだった男らしい手で、玲奈を何度も高めてくれた。はぁっ、とまた甘い吐息をついてしまう。

でも、その手をこのまま、握っていることができるだろうか。

日本に帰れば現実と向き合う必要がある。まずは仕事のペースをどうするのかを考えないといけない。

玲奈の仕事は取材が必要なため、時には長期で出張に行くことがある。

スケジュールも安定しないから、同僚の記者たちの離婚率は高く、そもそも結婚という形にこだわらない人も多い。

中には相手が浮気しても仕方がないと最初から諦め、お互いに浮気してもいいという条件で付き合っている人もいる。

玲奈は流石に恋人には真摯《しんし》でありたいし、恋人にも自分に誠実であってほしいと思っている。

ドバイにいた時の哲司の様子を見ると、いつでも側にいてほしいと思っているようだ。

探し求められて京都でお見合いをしたけれど、返事を断るとさらに追いかけられてしまった。

いつの間にか玲奈の心の中に住み込んでいた哲司を、追い出せないと思ってからは甘やかされている。けれど……

「日本、かぁ」

玲奈の計画ではもう少し後の帰国になる予定だった。まだ十日ほどしか経っていないのに、玲奈の気持ちは目まぐるしく変化している。

日本に帰るとなると一気に現実感に襲われ、哲司と恋人になったのは夢ではないのかと思いかねない。

――CEOの恋人なんて、私に務まるのかな……

倒したシートに横になりながら、玲奈はこの先のことを考えて深いため息をついた。

◇第四章

成田空港に到着して出国ゲートを出ると、そこには哲司の秘書と思《おぼ》しき人たちが待っていた。

濃い色をしたスーツ姿の男性と共に、ベージュ色のスーツを上品に着ている女性が立っている。長い髪は毛先まで綺麗にウェーブして艶《つや》があり、顔の一つ一つのパーツが整った、完璧な容姿をした女性秘書だ。

「なんだ、美楯田《みたてだ》さんまで来ていたのか」

「はい、CEOもロングフライトでお疲れかと思いまして、車中でくつろげるようにお茶などお持ちしました」

「……それはどうも」

哲司はぶっきらぼうに答えるとそれ以上は彼女の方を見ることなく、男性秘書に声をかける。

飛行機の中でもパソコンを開いて仕事をしていた彼は、やはりとてつもなく忙しい人だ。

そして立ったまま彼を待っていた玲奈の方を向くと、すまないとばかりに眉根を寄せた。

「あぁ、君たちにも紹介するよ。麻生玲奈さん、僕の恋人だから、そのつもりで接してほしい。玲奈、こちらが僕の秘書の佐藤《さとう》と、美楯田さんだ」

佐藤と紹介された年上の男性秘書は、「よろしくお願いします」と玲奈に丁寧に頭を下げた。

だが、女性秘書は何も言わず、佐藤に続き軽く会釈《えしゃく》をしただけだった。

「麻生玲奈です、よろしくお願いします」

ふと、男性秘書のことは呼び捨てなのに、なぜ女性秘書の方はさん付けなのだろうと気になった。

それに、先ほどから彼女は玲奈に厳しい視線を向けていて少し居心地が悪い。

「玲奈、すまないが僕はこのまま会社に行かないといけないから、また連絡するよ。車を用意したから、自宅まで乗っていってほしい」

「そんな、自分で帰ります」

「それでは僕の気が済まない。安心できる運転手だから、この車を使ってほしい」

「はい、そこまで言うなら……」

玲奈は哲司に肩を抱かれ、去り際には頬に羽のように口づけを落とされた。

驚いて頬を押さえるけれど哲司は構わず、玲奈の腰に手を回すと車へ案内するように歩き出す。

二人の後ろを、当然のことながら秘書たちも歩いている。哲司のあからさまな態度に玲奈は頬が熱くなるが、彼は何も気にしていない。

車に乗った玲奈を見送った哲司は、振り返るとその顔つきをがらりと変えた。もう、恋人に見せる甘い顔ではなく、経営者の顔になっている。

しばらく会長が代理をしていたというが、やはり哲司でなければ決めることのできない案件も多いのだろう。

玲奈は車のシートに座り、哲司の後ろ姿を見ていた。すると美楯田が哲司の隣に立ち、身体を近づける。

——なに、あの人。……哲司さんにあんなにも近づいちゃって。

ただの秘書ではなさそうだけど、仕事をしている哲司に何かを言うのは憚《はばか》られる。

忙しそうにしている彼と、はたして次はいつ会えるだろうかと、玲奈は微かな不安を覚えた。

東京の郊外にある自分のアパートに到着した玲奈は、部屋に入ると空気を入れ替えるために窓を開けた。

ライターという職業柄、出張も多いし、執筆で籠《こ》もることもある。

実家は地方の奥まった地域にあるため、東京にある大学に進学して以来、一人暮らしをしている。

居心地もよく、学生時代からずっと単身者の多いこのアパートにそのまま一人で住んでいた。

ふとスマートフォンを見ると、何件かメッセージが届いている。そのうちの一つは哲司からだった。

『無事に到着した？』

——哲司さん！　すぐに連絡してくれるなんて、嬉しい……

哲司と普通の恋人同士がするように、メッセージアプリを使っている。

くすぐったい想いに、つい顔がほころんでしまう。『無事に着いたよ』と返事をすると、直後に既読がついた。

『今夜は寂しいよ』

『——ちゃんと休んでね』

『また会いたい』

『——すぐに会えるよ』

『愛している』

『——私も』

ピコン、ピコンと振動がある度《たび》に、哲司からのメッセージが届く。

日本に帰っても変わらない彼の様子にホッとする。すぐに荷物をほどくと旅行中に溜まった洗濯物に取りかかった。

それでも、勝堂コーポレーションのトップである哲司の恋人となると、これから想像もできない問題が起こるかもしれない。

日本に帰ってくると、恋人になって過ごしたドバイの日々をまるで夢のように感じてしまう。

回転する洗濯槽を見ながら、くすぶり続ける不安も全部洗い流すことができたらいいのに、と思わずにはいられなかった。


ルエラ・ホテル・リゾートの記事を完成させて送信すると、しばらく仕事の予定がない玲奈は自分の部屋で資料整理をして過ごした。

パソコンを開くと雑誌の編集者から忘年会に来てほしい、とメールが届いている。

急なことだけど、年始まで予定のない玲奈はこれも仕事に繋がるかもしれないと思い参加を決めた。

独立すると、こうした場に出ることで雑誌関係者と顔を繋げられて、仕事が舞い込むこともある。

哲司からは、今夜も仕事で会食があるとメッセージが届いていた。

彼に忘年会に行くことを伝えると、場所を聞かれたので居酒屋の名前をメッセージする。

——哲司さん、こんな大衆居酒屋とか知っているのかな……まぁ、知らなくても秘書さんが調べてくれるかな。

秘書と言えば、あの女性秘書のことが引っかかる。

彼女なら、大衆居酒屋に行く玲奈のことを馬鹿にしそうな気がする。けれど、よく知らない人のことを悪く言ってはいけないと、考えを追い出すように頭を軽く振った。


玲奈がチェーン展開している居酒屋に入ると、威勢のいいかけ声で迎えられた。奥の方の座敷には見知った人たちが既に集まっている。

「お久しぶりです」

「あら、麻生さんじゃない。なになに？　なんか綺麗になったんじゃない？　さては悪い男と別れてサッパリしたのかな？」

「えっ、先輩わかりますか？」

「館内君と最近一緒のところを見かけないし、そうかなって思っていたよ。でも今夜は彼、来るかもしれないわよ」

「そうですか？」

仲のいい先輩ライターの隣に座ると、早速館内のことを聞かれてしまう。

生ビールを頼んだ玲奈が、適当にぼやかしながらも交際が終わったことを話すと、館内に盗まれた記事の噂《うわさ》話を聞いた。

「あの記事ね、どうやら編集部内でもおかしいんじゃないかって、噂《うわさ》になっているって。で、どうなの？　私も読んだけど、あれを書いたのは麻生さんでしょ？」

「え、えぇ。彼に下読みするって言われて、データを丸ごと渡してしまいました。だから私も悪かったかなって」

「何言っているのよ！　そんなの盗んだ男が悪いに決まっているでしょ？　私が聞いた話だと、雑誌の親会社から圧力があったみたいね。あの記事について調べ直せって」

「え？　親会社から、ですか？」

「そうなのよね、どこで調べたのかわからないけど、編集部内も上からそんな風に言われたことないから、驚いてるって話だよ」

「親会社、って……」

女性雑誌の親会社は、確か勝堂コーポレーションの傘下にある会社だ。

――これって、哲司さんが動いたのかな……

自分の力では盗まれたことを調べてもらえなかった。

真実が明らかにされると嬉しいけれど、うまくいくかどうかはわからない。それでも、疑われることで館内にとっては痛手となるはずだ。

その時ふと、ざわつく居酒屋の入口の方へ視線を向けると、一人の男性が入ってくるのが見えた。

館内連だ。

皺《しわ》のついたままのシャツに革ジャンを羽織り、着古したジーンズを穿《は》いている。

以前はワイルドでカッコいいと思っていたけれど、いつもスマートで洗練されている哲司を見慣れた今となっては、どこがよかったのかわからない。

電話口で別れを告げただけで、直接会うのは四カ月ぶりだ。館内も玲奈を見つけると、こちらの方へまっすぐ向かってくる。

「おい、玲奈。いいところにいたな、ちょっと話がある」

「私は話すことなんて何もないよ」

「いいから、来いよ」

腕を掴まれた玲奈は、これ以上ここで館内に歯向かっても周囲の迷惑になると思い、バッグを持って立ち上がった。

まだそれほどビールを口にしていなかったから、酔ってなくてよかった。

館内は不機嫌そうな顔をしたまま、周囲の記者に会釈《えしゃく》をする。まだ玲奈と館内が別れた話を知っている者は少ないため、痴話喧嘩《ちわげんか》だと思っているのだろう。

ただ一人、先輩ライターだけは心配そうな顔をしたので、玲奈は大丈夫だと目配せをした。

腕を引かれたまま居酒屋の外に出ると、館内は玲奈を雑居ビルの合間に押し込んで、自分は壁にもたれかかった。

タバコを取り出すと、去年のクリスマスに玲奈がプレゼントしたジッポーライターで火をつける。

「お前さぁ、なんだよ。しばらく相手しなかったからって。お前なんだろ？　編集部に知らせたのは」

「そんなことしてないわよ」

「そうなのか？　それなら悪かったな。お前をほっといて、寂しかっただろ？」

館内は手を伸ばすと、玲奈の頬を触ろうとする。冷たい指先が顔に当たる寸前で、玲奈は「いやっ」と顔を背けた。

すると館内はイラッとしたのか、「なんだよ」と吸っていたタバコを落とし、足で踏み消した。

「玲奈、代わりに今夜、めいっぱい可愛がってやるよ。俺も久しぶりで溜まっているし、お前が善《よ》がるまで相手してやるよ、ホラ」

館内はにたりといやらしく笑うと、玲奈の手首を握りそのままラブホテル街へ連れていこうとする。

「いやっ、もう私たち別れているでしょ！　この手を離してよ！」

「はぁ？　あんなメール一つで別れたと思っているのかよ、アホくせぇ。いいから来いよ」

「やっ、やめてっ、て、哲司さんっ！」

館内に無理矢理手を引かれ、恐怖で思わず哲司の名前が口に出る。

クリスマスの近い繁華街では、二人が争っていてもカップルの別れ話がもつれただけと思われているのか、誰も助けようとしてくれない。

——ど、どうしよう！　哲司さん！

哲司の名前を聞いた館内は、足を止めると怒気をまとった目で玲奈を見下ろした。

「お前、俺がちょっといない間にもう別の男をたらし込んだのかよ。すげぇビッチだな。あーあ、相手の男もかわいそうだな、お前の本性を知らないなんて」

「そっ、そんなんじゃないわよ！　連にそんなこと、言われたくなんかない」

「じゃぁどんな男なんだよ。俺よりいい男でも捕まえたのかよ」

館内は乱暴な物言いをして玲奈を再び引きずろうとする、その時――

「お前のようなクズよりは、いい男だよ。悪いがその手を離してくれないか？　僕の大切な人なんだ」

哲司のこれまでになく低い声が聞こえてきたかと思うと、玲奈を掴んでいた館内の腕をとり、すぐに捻《ひね》り上げる。

すると館内は突然のことに「うおっ」と唸《うな》り声を上げた。

「お前の汚い手で玲奈に触るな」

哲司は強い言葉を浴びせると、館内の腕をさらに捻《ひね》り上げる。

「いっ、いてえっ」

「もう、玲奈には近づかないでもらおうか」

「く、くそっ、この手を離せよ」

「近づかないと約束するか？」

「あ、ああっ、約束するから離せよっ」

「言質《げんち》はとったぞ」

脅すような言葉をかけた後、哲司は腕を下ろし館内から手を離した。

玲奈を後ろに庇《かば》うように立つと、館内を睨みつける。

「もう、お前と玲奈はとっくの昔に別れているんだ。文句があるなら法廷にでも出るんだな」

「この野郎！　お前の方こそ、暴行で訴えてやるぞ」

「君にそんなことができるのか？　君の方が玲奈への暴行、恐喝、あとは著作権侵害か？　叩けば埃《ほこり》がいっぱい出てきそうだけどな」

「なっ、お前……何を知っているんだ？」

館内は捻《ひね》られた手を押さえながら哲司を見るが、彼は腕を組んだまま答えない。上質の黒に近い紺色の三つ揃えに青色のネクタイを締め、磨き抜かれた革靴と腕には鈍く光る時計をはめている。

いかにも普通のサラリーマンとは思えない圧倒的な空気感を持つ哲司を見て、館内は後ずさりをした。

「くそっ、痛《いて》ぇなぁ、……お前本当に何者なんだよ？」

その問いには答えることなく、哲司は玲奈の方を向くと肩に手を置いた。すると館内は哲司の横顔を見て何かを思い出したように口を開く。

「あ、お、お前！　哲司って、勝堂哲司か？　勝堂コーポレーションの社長じゃねぇか！」

「……お前呼ばわりするような奴に、答える必要はないな」

「おい、待てよ。お前だろう、俺が玲奈から記事を盗んだって編集長に言ったのは」

館内は顔にひりつくような憎しみを浮かび上がらせて睨むが、哲司はそれを石ころのように無視をした。

「……玲奈、もう行こう」

「ちょっ、玲奈！　お前もグルなのかよ！　はっ、スゲェ女だな。どうやって社長に取り入ったのかわかんねぇけど、お前が勝堂の金とコネに目がくらむような女だったとはな」

館内は哲司に痛めつけられた手を押さえながらも、玲奈を罵《ののし》る言葉を止めなかった。館内の言葉がまるで矢のように玲奈の心を抉《えぐ》っていく。

勝堂コーポレーションのＣＥＯと付き合うことで、そんな風に言われると思わなかった。玲奈ははっと息を呑んで立ち止まる。館内の目は玲奈を嘲笑《あざわら》っていた。

「どうせその社長だって、お前の大人しそうな外見に騙《だま》されているんだろ。すぐに本性がバレて捨てられるさ」

「なっ、何よっ、あなたの方こそ本性を出したじゃない。私のこと、騙《だま》してばっかりで……」

流石に哲司も足を止めて館内に向き合うと、黒い双眸《そうぼう》を冷たく光らせ、暗い声を出した。

「館内と言ったか？　君が玲奈を愚弄《ぐろう》したことは許さないよ。たとえ玲奈が許しても、この僕が許しはしない」

「はっ、よっぽど骨抜きにされているんだな」

「あぁ、骨の髄まで玲奈を愛しているよ。君のような害虫を駆除したくなるくらいにはね。覚えておくといい、今後、勝堂の関連する企業で仕事を貰えると思うなよ」

哲司の言葉を聞いた途端、それまでの虚勢はどこに行ったのか、館内はへつらうような声を出した。

「なっ、お、おい！　本気にするなよ！」

「今度こそ終わりだ。さ、玲奈。もう行こう」

哲司は玲奈の小刻みに震える肩を抱き、何事もなかったかのようにスタスタと歩き始めた。

館内が見えなくなったところで、哲司は玲奈を窺うように声をかけた。

「大丈夫だったか？　玲奈、遅くなってすまない。近くに車を停めてあるから、そこまで歩くことができる？」

「え、えぇ。大丈夫。ありがとう、哲司さんが来てくれなかったら……もう、怖かった」

「手首を見せてくれ、もし跡が残っていたら、医師に見せて診断書をとっておこう。念には念を入れて、あの男をもっと追い詰めたいならそうするから」

「ううん、もう、……もういいよ」

玲奈はさっき見た館内の濁った瞳を思い出すと、それ以上何も言えなくなった。あんな男ではなかったのに、何が彼を変えてしまったのだろうか。

確かに最近は仕事が少なくなっていたけれど、犯罪まがいのことをする人ではなかった。

「あの人、あんな人じゃなかったのに……」

「玲奈のせいじゃないよ。さぁ、暖かいところに行こう」

「……うん」

哲司の会社の車の後部座席に二人で乗ると、運転手は何も言わずに走り出した。今のうちにと玲奈は携帯電話を取り出し、すぐに館内の連絡先を消す。

それと同時に、これで館内のことは忘れようと心に決めた。付き合っていた時間をなくすことはできないが、後ろを振り返っても何もならない。

一人前になって見返したいと思ったけれど、もう無駄な気がする。

どれだけ、どんなにライターとして有名になろうとも、館内のような男は何も認めないだろう。

彼は先輩面をしながらも玲奈に頼っていた男だ。

結局は気の弱い男なのだとわかっていても、彼が最後に叫んだ捨て台詞《ぜりふ》が玲奈の心に重くのしかかる。

『お前が勝堂の金とコネに目がくらむような女だったとはな』

哲司が勝堂コーポレーションのCEOだから好きになったわけではない。

だが、傍目《はため》には勝堂の金に目のくらんだ女に見えるのだろう。これからもそうした視線に耐えなければ、哲司の隣に立つことなどできない。

「哲司さん、ちょっとだけごめんなさい」

かばんからハンカチを取り出すと玲奈は目頭を押さえた。感情がぐちゃぐちゃになっている。

哲司には申し訳ないと思いつつ、玲奈は静かに涙を流した。あんなバカな男に振り回されていた自分にも腹が立ってしょうがない。

「玲奈、僕は君の泣き顔に弱いんだよ……」

そっと優しく囁《ささや》いた哲司は、玲奈の肩を抱いて自分の方へ引き寄せた。耳の奥にはいつまでも館内の言葉がいやらしく残っているが、玲奈は不安を抑え込むようにハンカチを握りしめた。

しばらくすると落ち着いてきた玲奈に、哲司はぽつぽつと話し始めた。

たまたま予定していた会食が流れたため、玲奈の行っている居酒屋に立ち寄ることにした。

そこで哲司は店の近くで手首を掴まれている玲奈を見つけたという。

「そうだったの。哲司さん、本当にありがとう。哲司さんに助けられるのはこれで何回目なのかな」

「ニューヨーク、ロンドン、そして東京と三回だね。全く、君は自分の魅力をきちんと……」

「ん、気をつけるね」

「いや、ごめん。今は説教したいわけじゃないんだ」

車の中で手渡されたペットボトルの水を飲むと、ようやく泣きやんだ玲奈は哲司の方を向いた。

「そういえば、哲司さんが雑誌編集部に問い合わせたの？　私の記事が盗まれていたこと」

「あぁ、もう聞いたんだね。僕が命じたのは編集内部に不正がないか今一度チェックしてくれ、っていうことだけどね。確かに具体例としてあの記事の話はしたけれど、それが大きく伝わっているのかもしれないな」

「証明、されるかな……」

「大丈夫だよ、玲奈。仮にされなかったとしても疑念は残るし、君と彼の文章はかなり違うだろう？　自《おの》ずと真実は明らかになるよ」

「そうだよね、哲司さんには感謝してもしきれないね」

「玲奈の力になれたのなら、よかったよ」

哲司の言葉に、彼の存在に嬉しさが込み上げてくる。甘えすぎてはいけないと思いつつも、こうして守られると安心してしまう。

しばらく流れていく車窓を見ていると、次第に見慣れた光景になっていく。運転手が玲奈の住むアパートの近くに車を停め、哲司も一緒に車を降りた。

すると、二階建ての造りを見て眉をひそめる。

「玲奈、君の住まいにはセキュリティガードがいないのか？　女性一人で不用心じゃないか」

「だって、私の収入ではこれが精一杯なの。学生の時から住んでいるから馴染《なじ》みもあるし、結構快適だよ？」

「だが……駅からの道も細くて暗そうだな」

「もうっ、哲司さんは明日も忙しいんでしょ。ここまで送ってくれてありがとう」

今夜会えたことは嬉しいけれど、師走《しわす》の今、哲司が忙しいことに変わりはない。

年末まで会えないと思っていた玲奈は、「大丈夫だから」と突っぱねるように哲司を追い返そうとした。

けれど、玲奈の手をとった哲司は荒れた心を鎮《しず》めるように優しい声で囁《ささや》いた。

「玲奈、こっち見て」

「……」

「僕はそんなに頼りない男かな？　元カレとはいえ、男に暴行されかかった恋人を一人にするような男に見える？」

「でも……仕事の邪魔をしちゃ、いけないと思って」

肩を震わせて立ちすくむ玲奈を、哲司は後ろから抱きしめるように包み込んだ。

いつものベルガモットの匂いがして、玲奈の身体が熱くなる。耳元に哲司の吐息が切なくかかった。

「玲奈、今夜は僕の部屋に来てほしい。寂しくてたまらないよ……」

「いいの？」

正直なところ、一人で夜を過ごすのが怖かった。強がっているけれど、館内はこのアパートを知っているから心細くなっていた。

それを見透かしたように哲司は玲奈を見つめると、「とりあえず泊まれる用意だけ持ってきて」と伝える。

「急いで用意してくるね」

頬に残っていた涙を拭きとるとすぐに階段を上っていく。

逸《はや》る心を抑えながら玲奈はお泊りの道具を揃え、哲司と一緒に再び車に乗り込んだ。

哲司が自宅にしているマンションは、羽田空港へのアクセスがよく、新幹線の止まる駅の近くにあった。３ＬＤＫと単身者にしては広い部屋を一人で使っている。

両親の住む本屋敷が赤坂にあるが、独り立ちしたくて、社会人になってからは一人暮らしをしているという。

「今夜は疲れただろうから」と言って哲司は玲奈を抱きしめるだけだった。初めて訪れた部屋で緊張していた玲奈も、哲司の温《ぬく》もりを感じると安心して休むことができた。

翌朝も気がつくと哲司の方が早く目を覚ましている。

起きたばかりの玲奈はショートパンツタイプのナイトウェア姿で、すらりとした生足を出していた。

猫耳のついた縞模様《しまもよう》のパーカーは、お気に入りだからと荷物の中に入れて持ってきた。

淹《い》れたてのコーヒーの匂いにつられてテーブルに近づくと、朝食のセッティングを終えた哲司が目を丸くしている。そういえばこの猫耳を披露《ひろう》するのは初めてだった。

「おはよ、玲奈。今朝もとんでもなく可愛いね」

哲司は玲奈にフードをかぶせると、額にチュッとキスを落とした。

「おはよう、……わぁ、凄い。これ、全部用意してくれたの？」

哲司はダイニングテーブルの上に小さなフランスパンとゆで卵、そしてコーヒーを用意していた。

フランスパンは冷凍していたものをオーブンで温めてあり、まるで焼き立てのような小麦の香りがする。

挽《ひ》き立ての豆を使って、ハンドドリップで丁寧に淹《い》れたコーヒーも酸味があり、玲奈の好みに合っていた。

「わ、このコーヒー、美味しい！」

「こうして見ると、玲奈は本当に猫みたいだな。寝顔も可愛かったけど、寝起きのぼんやりした顔も可愛いね」

「えっ、も、もうっ！　そんなこと言わないで。起こしてくれたらよかったのに」

ははっと笑った哲司も玲奈の向かい側に座ると、コーヒーを飲み始めた。

「うん、今日はうまくいったかな」

「毎朝、ハンドドリップで淹《い》れているの？」

「いや、毎朝ってことはないけど、たまにはね。今日は休みにしたから、玲奈と過ごしたいけど、どうかな」

「休みになったの？」

「あぁ、それで一日部屋で過ごすのもいいけど、買い物に行かないか？」

「買い物？　いいけど、哲司さんならベッドの上を選ぶのかと思った」

するとと哲司はきょとんとした顔をして、心外だと言わんばかりに否定した。

「なっ、玲奈は僕をなんだと思って……玲奈と一緒だと確かに箍《たが》が外れることはよくあるけど、僕にとって玲奈はセフレでもなんでもない、大切な恋人だよ」

「そ、そうよね。でも、いつも激しくなっちゃうから」

「……玲奈だから、だよ。夕べだって、何もしなくても大丈夫だっただろ？」

「うん、ちょっと安心した」

首を竦《すく》めてくすっと笑うと、哲司も爽《さわ》やかに笑い返した。

二人の始まりがワンナイトだったから、どうしても哲司は玲奈の身体を求めているのかと思ってしまう。

けれど、あれだけ一緒にいたのにヨーロッパでは全く手を出すこともなく、紳士な態度を貫いていた。

今はもう、身体だけでなく心も一緒に哲司に捕まえられている。

恋愛に消極的だった玲奈を変えてくれたのは、哲司の豊かで誠実な愛だ。今も玲奈を丸ごと受け止めてくれる哲司の側にいると心地いい。

どこに行こうか、と話していたところで哲司が「あっ」と声を上げた。

「そうだ玲奈。夜は会社の関係のパーティーに呼ばれていたから、一緒に行かないか？」

「会社関係なのに、私が行ってもいいの？」

「主催が外資系だから大抵はパートナーを同伴するんだ。毎年一人で参加していたけど、玲奈が来てくれるなら今年は肩身の狭い思いをしないで済みそうだ」

今日は哲司と過ごせるとあって気持ちが上向きになっていたが、パーティーと聞き、怯《ひる》んでしまう。でも普段入り込むことのできない場に行けるとなると、ライターとしても興味が湧いてくる。

早速準備をしようと化粧ポーチを開いたところで、履いてきた靴がスニーカーだったことに気がついた。

「哲司さん、一度家に戻ってもいいかな。スニーカーで来ちゃったから、スカートと合わなくて」

「それなら買いに行こう、夜のドレスも見たいから銀座のデパートでいい？」

「ド、ドレス？　スーツじゃなくてドレスなの？」

「あぁ、男性はタキシードだから女性は着物かイブニングドレスだけど……玲奈？」

「パーティーって、パーティーって、そんな格式高いパーティーなの？」

「服装だけだよ。あと外国人も多いけど、玲奈なら英語にも慣れているだろう？」

そう聞かれてしまうと否とは言えなくなる。いきなり哲司のパートナーとして参加してもいいのだろうかと思うけれど、既に哲司は秘書に連絡している。

今更取り消すのも躊躇《ためら》われる。

そうして準備をしたところで、ジーンズに灰色のセーターを着た哲司は、マンションの駐車場に玲奈を案内した。

「哲司さん、車を持っていたの？」

「時々だけどね、自分で運転するのも好きなんだ」

格式あるエンブレムのついた、車高の低いツーシーターの外国製の車だ。哲司は助手席側に回ると玲奈のためにドアを開けた。

車内は爽《さわ》やかな柑橘系《かんきつけい》の香りがする。革張りのシートに深く腰掛けてシートベルトをしめると、運転用のサングラスをかけた哲司は駐車場から車を滑《すべ》り出すようにして出発した。

「ドライブなんて久しぶり。哲司さん、いつも運転手を使っているのに」

「あぁ、仕事の時はね。移動中に休むこともできるから普段は任せているけど、休暇中は自分で運転するよ」

「凄い。この車ってオープンカーにもなるの？」

単身者の哲司らしい、二人乗りのスポーツカー。これまでどんな女性がこの席に座ったのかと想像すると、喉の奥に苦いものが広がる。

自分にも館内という元カレがいたくらいだから、哲司に過去の女性遍歴は聞かないことにしているけれど、やはり嫉妬する心がムクムクと生まれてくる。

「ねぇ玲奈、こっち向いて」

信号待ちをしているタイミングで、哲司が声をかけてきた。

なんだろう？　と振り向いた玲奈の顎を哲司が支えたかと思うと、彼の柔らかい唇が玲奈のそれを覆う。

信号待ちの、キス。

「ん、玲奈、好きだよ」

信号が変わる直前で顔を戻した哲司は、余裕そうな顔でハンドルを握っている。色の薄いサングラスをかけた彼は、上機嫌になってくつくつと笑っていた。

「哲司さん、信号はきちんと見ないと」

「ん？　玲奈にキスしたくて、待ちきれなかった」

「もうっ」

「あれ？　玲奈はこういうの好きじゃなかった？」

「……好きです」

「ならよかった。玲奈だけだよ、この車に乗せたのも、こんなことするのも」

思わず哲司の方を振り向くと、満足そうに口角を上げて微笑んでいる。まるで自分の嫉妬を見抜いたような言葉に、震えるほどの嬉しさが込み上げてくる。

——どうしよう、こんなにも大切にされていて、いいのかな……

夢の中にいるような気分でいると、しばらくして百貨店の駐車場の入口が見えてきた。クリスマスだから混み合っていると思っていたけれど、午前中のせいか駐車場に空《あ》きがある。哲司は慣れた仕草で車を停めた。

哲司はエレベーターに乗ると迷わず最上階を押した。案内板にも表示のない階で、なんだろうと思っていたが、疑問は降りたところで解決する。

「勝堂様、お待ちしておりました」

エレベーターから出ると、そこは一般人は立ち入ることのできない、普段から外商と付き合いのある特別客のためのエリアだった。

「こんなところで買い物するの？」

「うん、最初にサイズを計ってもらえばあとはコーディネーターが選んでくれるからさ、楽だよ」

「でもいいの？　これだと値段もわからないよ」

「僕からのプレゼントだから、玲奈は気にしないで」

上機嫌な哲司を見ていると、これ以上断るのも悪い気がする。何よりも世間はクリスマス一色で、プレゼントの季節だ。

玲奈は言われるままにサイズを計るための部屋に行き、足の大きさから指輪のサイズまで調べられた。ほぼ裸にされて胸の大きさを左右まで計られると、流石にそこまで必要なのかと疑問に思ってしまう。

気がつくと全身をコーディネートされていた。夜会服とあって裾の長いフルレングスに胸元と背中も見えるデザインになっている。

ゴージャスなシルバーのイブニングドレスを着た玲奈は、店員から大振りのアクセサリーを勧められた。

「玲奈、値段は気にしないで。綺麗に着飾った君を見てみたい」

「で、でもこんな豪華なネックレスなんて、気後《きおく》れしちゃう」

「どうして？　気に入ったものがなかったら、もっと持ってきてもらうよ？」

「そうじゃなくて。私、なんだか場違いな気がして」

高価なアクセサリーをつけることも、パートナーの装《よそお》いとしては重要なこともわかる。

安っぽい姿では連れていく哲司の格を落とすことになるのもわかるけれど、こうしていると立場の違いが嫌でも身に染みてくる。

「アクセサリーだけでも、レンタルにして」

「玲奈がそう言うならそうするけど……本当にいいんだよ」

「お願い、これ以上はまだ受け取れないから」

哲司の言葉は嬉しいけれど、いざ目の前に広げられるアクセサリーを見ると慄《おのの》いてしまう。値札がついていないのも恐ろしい。

しかし、その中からイエローダイヤモンドのついたチェーン型のピンク・ゴールドのネックレスを見つけて手に取ると、今夜着るイブニングドレスのアクセントになりそうだと思った。

「これがいいかも。私、イエローダイヤモンドに憧れていたんだ」

「よし、じゃぁこれにしよう。君、これに合うイヤリングとブレスレットも見繕ってくれ」

コーディネーターに依頼した哲司は、他にも何か言付けると玲奈のところに戻ってきた。

「他にも欲しいものはないかな？」

「もう十分だから！　大丈夫！」

それでもコーディネーターに勧められ、午後はデコルテの手入れのためにエステへ行き、終わった後は美容室に行き、髪のセットと化粧をしてもらう。

付け焼刃なりになんとか準備が整うと、迎えに来た哲司ははっと立ち竦《すく》んで目を見開いた。

「綺麗だ」

一言だけ、だがその一言で玲奈は飛び上がるほどに嬉しくなる。普段の洋服と違ってウエストの脇にスリットが入り、背中も大きくあいている。

肩を露出したイブニングドレスに白のグローブをつけると、仕上げとばかりに哲司が後ろに回った。

「これは、僕がつけるよ」

イエローダイヤモンドのネックレスを持った哲司が、玲奈の首元に回してうなじのところで金具をつけた。カチッと音がするのと同時に、はぁ、と甘い息が首筋にかかる。

「次は君のために作ったジュエリーを贈るから、覚悟して」

「哲司さん」

レンタルするだけでも高額なのに、さらにオーダーすると言う。金額はもうこの際考えないでおこうと玲奈は目を閉じた。

とりあえず今夜のパーティーを乗り切ることが先決だ。哲司も蝶ネクタイにヘチマカラーのタキシードを着ている。お互いに見慣れない姿とあって思わず笑みがこぼれた。

「哲司さんも、素敵」

「そうか、ありがとう。玲奈も綺麗だよ。本当は誰にも見せたくないけどね、さぁ行こう」

まるで映画の一場面のように着飾った玲奈は哲司にエスコートされ、緊張しながらも心を弾ませていた。

まさか、とんでもないことを言われるとは夢にも思わず、この時までは抑えようもなく浮かれていた。


会場は迎賓館《げいひんかん》として使われることもある豪奢《ごうしゃ》な西洋風の建物だ。

玲奈はロココ調の装飾の施《ほどこ》されたホールに感嘆しながら、厚みのある赤いカーペットの上を銀色のヒール靴で歩いていく。

外資系の会社の人ばかりかと思っていたが、どうやら外交がらみのパーティーを兼ねているのか、来賓客の半数以上が外国人のようだ。

男性は黒のタキシードに蝶ネクタイと、夜会服を着て談笑している。女性陣はそれぞれ華やかなドレスや着物姿だ。

立食式なのでテーブルマナーを気にする必要がないのは助かった。シャンパンの入ったフルートグラスを片手に、哲司の隣で微笑みながら相槌《あいづち》を打つ。

すると会の途中で哲司は秘書の佐藤に呼ばれ、勝堂ホールディングスの代表として挨拶に立つことになった。

「玲奈、少しここで待っていて」

声をかけるとすぐに壇上へ登っていく。マイクを持った姿は凛《りん》として威厳があった。

「年末のお忙しい中、この度は勝堂ホールディングスの……」

彼は日本語と英語と交互で話し、それぞれにジョークも入れた粋《いき》なスピーチをした。終わりと共に、盛大な拍手が鳴り響く。

――やっぱり、哲司さんって凄い人。大企業のトップにいる人なのね……

普段一緒にいると身近すぎて忘れがちだけど、彼の肩には何万人もの従業員の生活がかかっている。大企業のトップとして、舵《かじ》取りを任されている立場だ。

ついさっきまで隣にいたことが信じられないほど、玲奈は引け目を感じてしまう。

挨拶の後、生演奏による音楽が始まった。哲司は壇上から降りた途端、多くの人に囲まれて話をしている。

こうなると手持無沙汰《ぶさた》になるけれど、会場には他に知り合いがいるわけでもない。

どうしようかと思いながらも、玲奈はさっきから不躾《ぶしつけ》な視線を感じていた。

勝堂ホールディングスのCEOである哲司が初めてパートナーの女性を連れてきたとあって、玲奈は注目を浴びていた。

だが皆、玲奈の背景がわからず戸惑っている。飲み物を取りに行こうと動いた途端、華やかな女性陣の一人に声をかけられた。

「麻生さん、こちらのパーティーは初めてですか？」

真っ赤なイブニングドレスを着た彼女は、空港で会った女性秘書の美楯田だった。

今夜は髪に色をつけ、くるりと巻いたゴージャスな姿をしている。

「えぇ、てつ……勝堂さんに誘われて来ています」

「そうでしたのね、今日は私、秘書ではなくて美楯田の娘として来ていますの。麻生さんは、私の父のことはご存知《ぞんじ》かしら」

美楯田と聞いてもすぐにはピンとこなかった。玲奈が答えられずにいるのを見て、美楯田の隣にいた女性が口を出す。

「あら、この方は美楯田様を知らないのかしら。財界のトップと呼ばれている方なのに、失礼ですわね」

「ええ、本当に。美楯田様は、元々は男爵の位を持っていた名家の方なのに」

挑戦的な瞳で見てくる取り巻きの女性たちは、口々に美楯田を褒め上げた。容姿に家柄、父親の地位まで何もかもが素晴らしい。

「美楯田様が勝堂CEOの秘書をされているのだって、将来の社長夫人としての勉強を兼ねていると聞きましたのよ」

「会社で働かれるのも凄いのに、勝堂様の社長秘書だなんて。本当に素晴らしいですわ」

彼女たちは次々と玲奈の知らなかった情報を伝えてくる。まるで目の前にいる美楯田が正妻で、玲奈のことは妾《めかけ》か何かと思っているようだ。

彼女たちから言わせると、ここにいるのはいわゆる『一流の家庭』に育った人間の集まりになる。そんなところに、玲奈のような庶民が入り込んでしまったことは自分たちに失礼だと言わんばかりだ。

とはいえ突然連れてこられた玲奈は、戸惑うことしかできない。

けれど、ルポライターとして鍛えられた持ち前の大胆さで、玲奈は彼女たちに話しかけた。

「ところで私、普段はルポライターをしていますが、皆様は何をされているのですか？」

名刺を差し出そうとしたが、どうやら今夜はそうした場ではないようだ。ルポライターと聞くと美楯田はくっと口角を上げた。

「まぁ、ライターなんてお仕事をされていらっしゃるのね。ずっと続けるおつもりなの？」

「はい、そのつもりですが、何か？」

仕事のことを答えた途端、美楯田はいかにも人を馬鹿にしたような態度となり、口元に皮肉な笑みを浮かべた。

「ＣＥＯの連れてこられた方だから、てっきり将来を約束されているのかと思ったけれど、そうでもないのね」

「それってどういうことですか？」

「やぁね。あの勝堂ＣＥＯなのよ？　その伴侶となると、自分のお仕事なんて持てないでしょ？　妻として全力で夫を支えるものではなくて？」

美楯田が後ろを向くと、いかにもそれが正論であると言わんばかりに彼女たちも相槌《あいづち》を打つ。

「でも、今は妻も仕事をする方が多いくらいですよ」

「そりゃ、まぁ庶民の方はそうなんでしょうね。でも、勝堂コーポレーションを普通の家庭と同じに見るのはどうかしら。トップの妻となれば、社交もそれなりに求められるものですし……って。ごめんなさい、あなたにはわからないことね」

慇懃《いんぎん》無礼《ぶれい》、とはこのことを言うのだろう。

丁寧に相手をしているようで、玲奈が一般的な家庭に生まれ育ったことを侮辱《ぶじょく》している。笑顔で話しているけれど、決して気持ちのよい相手ではなかった。

「それに……あなたは外国語が話せるのかしら？」

「英語はできますけど」

「英語だけなのね。それでＣＥＯの隣に立とうとしていらっしゃるの？　あなたのお家は勝堂ＣＥＯに何かプラスになるようなものをお持ちかしら。ねぇ、皆さん」

そうね、と頷く女性たちもくすくすと笑っている。

きっと、実家に力のある人たちばかりなのだろう、皆、自慢げに顎を上げると玲奈を見下げるように視線を動かした。

「……」

とてもバカにされていることはわかるけれど、ここで言い返すことが正解なのかがわからない。下手をすると哲司の評判に繋がるから、迂闊《うかつ》なことは言えずに玲奈は口を閉じた。

「ふふふ、家格の違いってものを、よく考えられては？」

最後まで丁寧な言葉遣いで玲奈を貶《おとし》めると、美楯田たちは微笑みながら哲司の方へと歩いていく。

玲奈は精神的に疲れ切ってしまい、壁に背を預け立ち竦《すく》んでいた。

さっきから哲司は忙《せわ》しなく人と話している。邪魔をするわけにもいかず、ただ壁の花となって様子を眺めるしかない。

――私はここにいてもいいのかな……

美しく着飾ることで哲司に褒めてもらい、調子に乗っていた。

気品とか、マナーとか、ここにいる人たちと自分ではにじみ出てくるものが違いすぎる。

哲司は関係ないと言うかもしれないけれど、玲奈のプライドはずたずたに引き裂かれていた。

――哲司さんのことは、好きだけど……

恋人になることと結婚とは、重みが違う。哲司はお見合いをするほどに玲奈のことを気に入っているが、果たして自分はどうだろう。

一時の恋愛感情に流され、元カレの時のように自分を見失っていないだろうか。

哲司は館内よりも何倍も素敵でスマートな男性だけれど――まだ、隣に立ち続ける覚悟なんてできない。

華やかな会場で聞かされた悪意ある言葉の数々が、玲奈の心を冷たくさせていた。

自分は哲司に相応《ふさわ》しくない。そんな極端な結論を出しそうになり、思考を止めた。

そうでなければ、哲司に言ってしまいそうになる。

温かいはずの空気を冷たく感じながら、玲奈は哲司を待つけれど、彼は様々な人から話しかけられていた。

きっと仕事の関係だろう、にこやかだけれどどこか真剣な顔をして話している。

そんな哲司の側に行く気にもなれず、玲奈はただ壁に背を向けて立っていた。


パーティーの時間もようやく終わりを告げた。運転手を呼び出して車に乗ると、哲司は上機嫌で玲奈の肩を抱いてくる。

本当は伝えたいこともあるけれど、ぐっと堪《こら》えて玲奈は哲司に言った。

「哲司さん、今日は私のアパートに帰るね。このアクセサリーは明日にでも……」

「ちょっといい？　今夜、行きたいところがある」

「これから？」

「あぁ、せっかく玲奈がドレスを着ているから」

本当は疲れたから帰りたかったけれど、哲司の誘いを断れない。

車は首都高を少し走り、湾岸に着くと降りていく。停まった場所は東京ベイブリッジが窓から綺麗に見えるルエラ・ホテルだった。

ロータリーに止まった車を降りると、哲司が玲奈を導くように連れていく。ロビーを通り抜けてテラスに出たところで、哲司が玲奈にコートを着せた。

「ごめん、寒かったよね」

「でも、どうしてここに？」

「この橋、僕たちが初めて出会ったニューヨークのブルックリン橋に似ているかな、と思って」

「そう、なのかな」

色とりどりの光で輝く姿は、確かにブルックリン橋を思い起こさせる。あの橋で二人が出会い、始まった。

まだ、ほんの五カ月前のことなのに随分と遠くに感じる。

夏に出会ってから、秋に再会して今はもう冬になっている。その間にヨーロッパを巡りドバイで甘い時間を過ごしてきた。

視線を感じて哲司を見上げると、彼は手に小さな箱を持っていて、それを開けた。

中には小粒だけれど上品に光るイエローダイヤモンドのついた指輪が入っている。

――ちょっと待って、これって……！

玲奈は思わず息を止めてしまう。大きく目を見開いて驚く玲奈を見た哲司は、口元で弧を描くように微笑み、嬉しそうに言った。

「玲奈、まだ知り合って間もないけれど、僕にとって君は運命の人だと思っている。それに今日みたいな日には君を――僕の婚約者として紹介したいんだ。玲奈。どうか、僕と結婚してほしい」

「哲司さんっ」

まさか、こんなにも急にプロポーズされるとは思っていなかった。

生まれ育った家庭も、環境も、仕事も違う二人の共通項は少ない。それなのに、本当に結婚を申し込まれるなんて。

「哲司さん……」

はい、と頷いてこの手をとるだけだ。

それだけなのに、玲奈の頭の中ではパーティーでぶつけられた言葉が繰り返されていた。

ＣＥＯの伴侶となると仕事など続けることはできない。さらに自分のような者に務まるとも思えない。勝堂コーポレーションに貢献できるものなど、何も持っていない自分でいいのだろうか――

胸に迫る想いに抗《あらが》うように、玲奈は声を絞り出した。

「ごめんなさい、もう少し時間が欲しいの」

玲奈の正直な想いだった。

決して哲司のことが嫌いなわけではない。ただ、今の覚悟もない状態でプロポーズを受けるのは、誠実ではないと思っただけだ。

だが――

「玲奈、どうして」

まさか断られると思っていなかったのか、哲司は一気に落胆した表情を見せた。

戸惑いを隠すことなく「嘘だろう」と呟くと、顔を青くして口を閉じる。

哲司は身体を強張らせたまま動かない。

重苦しい空気が二人の間に横たわり、何も言えなくなる。

誤解を与えたくないのに、今口を開くと哲司を傷つけてしまいそうで、玲奈は視線を彼から外した。

沈黙を破ったのは哲司の冷たい声だった。

「僕とは――結婚できないのかな」

「そうじゃない、まだ覚悟も何もできなくて、答えられないだけで」

「同じことだよ、玲奈」

手を額に当てた哲司は、はあーっと長い息を吐いた。

そして玲奈を見下ろすようにして言葉をこぼした。

「僕の何がいけなかったのかな」

その一言で、玲奈の心の奥底に沈んでいた不満が顔を出した。

「何がって、哲司さんは私のこと、何を見ていたの？　今日のパーティーだって、私は一人で立っていただけで……！　それに私は仕事をもっと頑張りたいし、もっともっと、文章を上手に書けるようになって、海外でも働きたいと思っているのに、そんなこと何一つ知らないじゃない……！」

玲奈は奥歯をぐっと噛みしめ、溢れそうになる涙を留めた。

こんな時に泣いて女の武器を使いたくはない。

彼とはどこかが噛み合わないだけなのに、それをうまく伝えられない。

「玲奈、すまない」

「すまないって、うわべだけで謝ってもらっても仕方がないの！　今日はこんなに綺麗なドレスを着てパーティーに来たのに、一人になって辛かった。私が哲司さんに相応《ふさわ》しくないって言われて、気にしちゃいけないいってわかっているのに……」

「玲奈！」

哲司への不満が昂《たかぶ》り爆発してしまう。

堰《せき》を切ったように言葉が止まらなくなり、玲奈は口を滑《すべ》らせた。

「まだ、連の方が私のこと、わかってくれていた……」

「なっ、君は僕があんな男よりも下だって言うのか？」

「上とか下とかじゃないよ、そんなこと言ったら、私なんてただの庶民の娘で下の下じゃない……」

視線を逸らした哲司は、くっと口を結び沈黙する。

玲奈は涙がこぼれそうになり、哲司に言い放った。

「ごめんなさい、今日はもう帰らせて」

海風が吹きつけてくるけれど、玲奈は昂《たかぶ》った感情のままコートを哲司に押しつける。

哲司が動揺している間に、ロータリーに停まっているタクシーを見つけ、振り返ることなく乗り込んだ。

「玲奈、待ってくれ、玲奈！」

「すみません、早く出してください」

哲司が追いかけてくるけれど、それを無視するように運転手に伝える。

走り出したタクシーの中で、シートに背を預けて玲奈ははーっと長い息を吐いた。

哲司は呆然として、玲奈の乗ったタクシーが走っていくのを見送っていた。


翌日は朝から雪が降っていた。

昨夜からいろいろなことがありすぎて、頭のどこかがショートしたように動かない。

哲司のことを好きなのに、彼を傷つけてしまった。玲奈は馴染《なじ》んだ自分のベッドに横たわっても、なかなか寝付けなかった。

――時間が欲しかっただけなのに……

わかっている。自分はまだ、結婚するだけの覚悟ができていない。時間が欲しい、ただそれだけを伝えたつもりだったのに、哲司はとてもショックを受けていた。

あんな顔をするとは思わなかった。彼を傷つけてしまったことを思い出すと胸が締め付けられるように切なくなる。

――でも、なんて答えればよかったのだろう……

もう少し時間をかけて交際して、お互いをよく知り合った上でのプロポーズなら嬉しかったのに。

哲司はどうして今のタイミングで言ってきたのだろう……わからない。

イブニングドレスを畳み、アクセサリー類をまとめる。

こんなにキラキラとした服を着たのは初めてだった。ウィーンでも哲司の手配で素敵な服を着たけれど、このドレスはそれ以上の格式のものだった。

だけど、そうした服装をして哲司の隣に立ちたいわけではない。

むしろ初めてニューヨークで会った時のように、スポーティーな哲司ともっと外の世界に飛び出していきたい。

泥だらけになりながら、道を切り開いていくような二人になりたかったのに。

ぼやける頭をすっきりさせようと熱いシャワーを浴びたところで、玲奈は再びベッドに突っ伏した。

昨日、プロポーズを断っていなかったら、今頃は二人で過ごしていたのだろうか。隣に哲司のいないベッドは冷たくて、寂しさを感じずにはいられなかった。

それでも自分に嘘をつくことはできない。

玲奈が顔を上げるには、まだ時間が必要だった。


「えっ、報告ですか?」

「そう、今回の取材についての報告と、取材費を直接請求してほしいって。こんなこと、珍しいけどね」

ルエラ・ホテルの取材依頼をしてきた編集部へ行くと、通常とは違ってルエラ・ホテル・グループへ向かうようにと指示があった。

それもグループの本部があるオフィスを指定されている。

「まぁでも、経費も全部出してくれるみたいだから、遠慮しないで提出したらいいよ。記事の内容もよかったから、次があるといいね」

「……はい、そうですね」

腑《ふ》に落ちないところもあるけれど、仕事は仕事だ。年内にきちんと終わらせておきたい。

玲奈は一旦アパートに戻って必要な書類やレシートを揃え、訪問することを伝えるために電話をかける。

すると担当は役員秘書室の佐藤と聞き、ドキッとした。彼は哲司の秘書をしている人だ。

——やっぱり、これって哲司さんの指示なのかな……

プロポーズされてから、まだ数日しか経っていない。それほど頻繁《ひんぱん》ではなかったけれど、日に何回かやり取りのあったメッセージも止まっている。

玲奈を呼び出すことが目的なのだろうか。それなら単にメッセージをくれたらいいのに、と思いながらも支度をする。

ベージュ色の上下のスーツに、黒のコートを羽織る。パンツスーツの多い玲奈にしては珍しく、スリットの短く入ったタイトスカートを選んでいた。

もしかしたら、哲司に会えるかもしれない。そんな女心からスカートに手を伸ばしていた。普段よりも念入りに化粧をして、玲奈は指定されたオフィスへ向かう。

東京駅からほど近いオフィス街に、勝堂ホールディングスの自社ビルがある。吹き抜けの玄関ホールには光が大きく射し込み、床は磨き抜かれていた。

「麻生様ですね、少々お待ちください。ただいま役員秘書室に確認をとります」

受付ブースにいる女性に声をかけると、しばらく待つ必要があった。佐藤を呼び出している。

――この受付の人も、凄く綺麗……

いわゆる会社の顔になる人だから、容姿も才能の一つなのだろう。でも、それにしてもハッとするほど美しく、言葉遣いも丁寧で印象がいい。

秘書の美楯田も外見だけで言えば相当な美人だし、哲司の周囲には美麗な女性がたくさんいるに違いない。

彼がオフィスで働く姿を想像しても、やはり遠い人に感じてしまう。こんな一等地に自社ビルを持つ企業のトップが恋人だなんて、未だに信じられない。

海外で出会っているから、お互いに生活感のない形で恋愛が始まっている。

日本で出会っていたら、きっと格差を感じて親しくなれなかっただろう。今も、玲奈は彼との違いに押しつぶされそうになっている。

下を向いて落ち込んでいるところで、玲奈は声をかけられた。

「あら、あなた。麻生さん？　こんなところまで来て、なんの用かしら？」

オフィス街ではあまり見かけない鮮やかな赤色のスーツを着た、美楯田だ。手には一目で高級とわかるかばんを持っている。

「私は、秘書室の佐藤さんに用事があってきました。お聞きではなかったですか？」

美楯田は確か、佐藤の部下と聞いていた。そうであれば、玲奈の訪問を知らなかったのだろうか。

「佐藤さんが？　……何も聞いてないけど、些末《さまつ》な用事だからでしょうね。私はこれから、勝堂会長へご挨拶に伺うの。あの勝堂会長とお会いできるのよ、どうしてかわかる？」

「え、会長ですか？」

勝堂会長といえば一人しかいない。

ドバイから帰国して以来、哲司と交際を始めたことを伝えなくては、と思いつつもお見合いで断った手前、どこか恥ずかしくてまだ連絡をしていない。

「まぁ、あなたが知らないのも無理ないわね。勝堂会長はパパの友達で、私のことを可愛がってくれているの。だからもうすぐ、婚約の話も出てくるに違いないわ」

「あの、婚約って、美楯田さんとどなたのですか？」

「あなたね。まぁ、想像できないなら仕方ないけど、私と勝堂ＣＥＯとの婚約に決まっているじゃない」

美楯田は腕を組むと勝ち誇ったように顎をツンと上げた。

なんとなくだけれど、美楯田は勝堂会長がわざわざ時間をかけて会おうとする相手には思えない。それに、哲司からは数日前にプロポーズをされている。このタイミングで、他の女性の婚約話が出るとはとても思えなかった。

「そうでしたか……では会長にもよろしくお伝えください」

「はっ、なんであなたが勝堂会長を知っているのよ」

「それは、以前会長にお見合いの席を設《もう》けていただいたからです」

ここまで彼女に伝える必要もないけれど、落ち込んでばかりいる玲奈ではない。外見がお淑《しと》やかに見えるからと言って、実際に大人しいわけではなかった。

「は、はぁあ？　お見合いですって？　誰と、誰のお見合いだっていうのよ」

多くの人が通る受付のロビーで、こんなに大きな声を出していいのだろうか。

客である玲奈の方がヒヤッとしているのに、美楯田は気にすることなく畳みかけるように問い詰めてくる。

「お見合いしたのは私と哲司さんです。私が勝堂会長に気に入られて……ですが」

「なっ、なんであんたなんかが、会長に気に入られるのよっ」

とうとう『あんた』呼ばわりだ。

美楯田は元男爵家のお嬢様という話だけれど、そんな人でも『あんた』なんて言葉を使うらしい。

すると、美楯田はなぜか納得した顔をして独りごちた。

「あぁ、わかったわ。会長が変わり者のあんたを気に入ったから、CEOにあてがったのね。それで、断れなかったCEOが海外まで行って相手をすることになったなんて。あぁ、かわいそうなCEO。早くあんたみたいな野生児から解放されて、私が癒《いや》してあげたいわ」

変わり者に野生児。本当にこんな言葉を人に向かって使う人がいるんだ、と、どこか冷静になって彼女を見つめてしまう。

それでも間違いは訂正したいと思い、玲奈は説明した。

「解放ですか？　私、お見合いの返事はお断りしています。でも、それでは納得できないからって、哲司さんの方が私を追いかけてきたのですが……」

「はぁ？　追いかけたって、海外まで行ったのはあなたを追いかけるためだっていうの？」

「……はい。私は逃げてばかりいましたから」

二人の間に沈黙が横たわる。玲奈は事実しか告げていないつもりだったが、それは美楯田の想像の許容量を超えたのか、彼女は再び考え込む。

でも、これ以上彼女と言い争うつもりはない。玲奈は今、気がついたからだ。

――あぁ、私。そうだ、また哲司さんから逃げているんだ……

ドバイでもう逃げない、と約束したのに。哲司ももう離さないと約束してくれたのに。

悩んで、同じことをしようとしている。どうして結婚する覚悟ができないのか、きちんと話し合わないといけないのに。

気持ちが沈みかけてきたところで、エレベーターから降りてきた佐藤に声をかけられる。

「麻生様、お待たせしました。って、美楯田君！　君、こんなところで何を？」

玲奈の隣にいる美楯田を見て、佐藤は目を丸くした。

本来なら秘書室勤務の彼女が玲奈を案内するべきなのに、ロビーに立たせたまま、それも仁王立《におうだ》ちで睨んでいる。

「あら、佐藤さん。何をって、用事があるので外に出ようとしたら、この方がいたので相手をしていただけです。では、行ってきます」

美楯田は佐藤に告げると、そのまま振り返りもしないで外に出ていった。勤務中なのにいいのだろうかと思うけれど、それは玲奈の知ったことではない。

「麻生様、申し訳ありません。美楯田が何か失礼なことを言っていなかったでしょうか」

「失礼なこと……ばかりでしたが、大丈夫です」

玲奈は気を持ち直してにこりと笑った。それよりも今日の用事を済ませたいと、佐藤に案内されて役員用の応接室に足を踏み入れる。

「こんな豪華な部屋、私が入ってもいいのですか？」

「はい、麻生様のことはとても大切な方だと会長からも聞いています。先ほどの美楯田の態度についても、本当に申し訳ないです。できれば何があったのか、教えていただけますか？」

「……それは」

「お願いします。麻生様だけでなく、他にも波及する問題ですから」

告げ口のようになってしまうが、ロビーには受付嬢もいたから、話を全部聞いているだろう。

玲奈も誤魔化さずに伝えた方がいいと思い、彼女との会話の中身をなるべく正確に話した。

すると、額に皺《しわ》を寄せた佐藤は困ったような顔をしながら呟いた。

「今回の発言はきちんと会長とＣＥＯにも伝えますので、ご安心ください」

「そんな、そこまでされなくても」

「いえ、これが私の仕事ですので。彼女について判断されるのはＣＥＯです」

佐藤は玲奈が不安を持たないように丁寧に説明をしてくれた。

そのまま仕事の話に移り、玲奈はまとめてきた資料を差し出した。

「取材にかかった経費関係については、これでよろしいですか」

「はい、ありがとうございます。これだけまとまっていると、経理も助かります」

佐藤は何事もゆっくりと、玲奈にもわかりやすく話してくれる。とても優秀な秘書だということが、すぐに理解できた。

玲奈は用事が終わったところで、佐藤に声をかけた。

「あの、佐藤さん。少しお聞きしてもいいですか？」

「はい、なんでしょうか」

「先日参加させていただいたパーティーの後、哲司さんの様子は……どうですか？」

「あのパーティーの後ですか？」

玲奈は哲司からのプロポーズの答えを保留している。その時、彼はとてもショックを受けた様子だったのが気になっていた。直接会話をしていないから、どうしているのかも心配になっている。

「あの、とても個人的なことで、少し行き違いがあって」

「……やはり何か、あったのですね。実はあの日から哲司様の調子が悪く……といっても些細《ささい》なことですが、ずいぶんと気落ちされた様子でして」

「気落ち、ですか？」

「はい。哲司様は普段は職場で自分の感情を出す方ではありません。ですが、あの日から明らかにミスが増えています。こんなことを私が言うのも差し出がましいのですが、もしかすると麻生様と何かあったのかと思っていたところです」

男性秘書の佐藤にそこまで言われ、玲奈は背中に嫌な汗を流しつつ固まった。

「仕事の方は、大丈夫なのですか？」

「はい、ミスといってもも大きなものではありません。ここからは秘書の範疇《はんちゅう》を超えているのですが、私は……実は、少し勝堂家に近い者なのです。ですから今日も、麻生様とお話ができればと思いお呼びしてしまいました」

「それでは佐藤さんは、親戚か何かなのですか？」

「はい。ですから、ここからは親戚としてのお節介です」

佐藤は穏やかな顔で、これまでの哲司の様子を教えてくれた。

以前は周囲に群がる女性たちが苦手で、数ある見合い話を断っていたこと。それなのに玲奈との見合いには積極的だったこと。

休暇をとって海外に自ら出ていくことも珍しく、帰国後はいたくご機嫌だったこと。

佐藤は哲司が玲奈との出会いによって、いい方に変化していると教えてくれた。

それなのに、ここ数日は落ち込んでばかりいるという。

「哲司様は小さい頃から勝堂を背負うことを覚悟していました。聡明な方でしたから周囲の圧力を感じていたのでしょうね。そのせいもあって、自分を抑えることばかりで。ですが麻生様のことに関しては、珍しく強く主張されました。私も会長も本当に驚いたのですが、とてもいい傾向だと思っています」

そこまで聞くと、玲奈は居ても立ってもいられなくなる。今すぐにでも哲司と会って、話がしたい。誤解があるとしたら、きちんと解きたい。

「佐藤さん、今、哲司さんはどこにいますか？　できたら私、彼と会って話がしたいです」

玲奈は顔を上げて佐藤の方を向いた。たとえ仕事で忙しくても、一言だけでも伝えたい。

――もう、逃げない。哲司さんときちんと、向き合いたい。

次に会う約束だけでも、顔を見て決めたいと思うけれど、佐藤の返事は意外なものだった。

「それが今、哲司様は新しく立ち上げる事業の視察を兼ねて、沖縄に出張されています」

「え？　あの？　沖縄って、沖縄ですか？」

「はい、そうでございます。沖縄にあるルエラ・ホテルに滞在しています」

「……佐藤さん、でしたら私、今から行きます」

「え、沖縄ですが、行かれますか？」

「はい。私、もう彼から逃げたくないんです。だから……今度は私が追いかけます」

驚いた顔をした佐藤だったが、優秀な秘書らしくすぐにてきぱきと段取りを始めた。

「わかりました。麻生様のお手伝いをさせていただきます。飛行機のチケットと車をすぐにご用意しますので、一旦ご自宅にお戻りになり、そのまま空港へ向かってください」

「いえ、そこまでお願いするのは申し訳ないです。飛行機代もきちんと払います」

「ご安心ください、哲司様のお手伝いということでしたら、経費をお出しできますので」

佐藤にそこまで言われると、甘えないのもかえって失礼だろう。玲奈がお礼を伝えると佐藤は早速運転手の手配を始めた。

——国内線って、こんな簡単に乗れるのね……

佐藤が手配したのは二時間後に出発する飛行機だった。玲奈は用意してもらった社用車に乗り、途中でアパートに寄って着替えを済ませ、荷物を手早く用意する。

そして空港に向かうと、出発の四十分前に到着することができた。

飛行機に乗り慣れている玲奈にしても、日帰り感覚で使うのは初めてだ。

羽田空港に入り、これから乗る飛行機会社のカウンターへ向かう。といっても機内持ち込みだけの荷物なので、チェックインは簡単に終えることができた。

——やっぱり空港の雰囲気って好きだなぁ……

慌ただしく決めてしまったけれど、空港に来ると気持ちが引き締まる。

強い照明の光に航空会社のボードが瞬《またた》いている。これから空に向かうと思うと、どこか心が浮き立った。

玲奈は小さな頃から、旅をするのが大好きだった。鉄道の駅も好きだけれど、やっぱり海外にも行ける飛行機の方が面白い。

——うん、私はライターの仕事を続けたいって、伝えよう。

旅ができない人はいっぱいいる。そんな人たちに記事を通じて仮体験を届けたい。ライターになる原点を思い出しながら、玲奈は滑走路を走る飛行機を見ていた。

——哲司さん、待っていて。今から行くから！

玲奈はかばんを持つと颯爽《さっそう》と歩いて機内に入っていった。

◇

十二月の沖縄は冬とは思えない。コートを脱いで腕に持っても、十分過ごせる気温だった。海の色は青くて美しい。ほんの少し前にいたドバイの海は、眩しいほどの太陽の光を受けて輝いていた。

沖縄はそれとは違い、海の青色が濃い。落ち着いた青だ。

空港を出てすぐタクシーに乗り込むと、一時間もしないうちに沖縄・ルエラ・ホテルに到着する。

ロビーの向こう側に海が見える、斬新な造りのリゾートホテルだった。

コテージのエリアもあり人気のあるホテルだから、冬でも人がいて賑わっている。

玲奈はほう、と一息つくと、キッと顔を上げて受付に向かった。


佐藤が事前に知らせていたおかげで、すんなりと哲司のいる部屋へ案内される。ホテルの一室を執務室代わりに使っていたようだ。

けれどいざ扉の前に立つと、一抹《いちまつ》の不安が胸を過ぎる。突然来たりして、迷惑だったかもしれない。

それでも二人のことをきちんと話したい。

玲奈が勇気を出して扉をコンコンと叩くと、「はい」と低い声が聞こえる。哲司が扉の向こうにいる、それだけで玲奈の心臓はうるさいほどに脈打つ。

――大丈夫、哲司さんならきっと話を聞いてくれるから……

カチャリ、と音がすると共に扉が引かれ、目の前に疲れ気味な哲司が現れた。

「玲奈！　どうしてここに？」

白シャツにジーンズというラフな服を着た哲司が立っている。

「あ、あの。……会いたくて」

思わず素直な気持ちを口にした玲奈を見て、哲司は目を丸くした。それでも玲奈の腕を引き寄せると「いいから、入って」と言い、扉の内側へ引き寄せる。

玲奈が彼の後をついて中へ足を踏み入れると、淡いベージュ色をした空間には寝室とリビング用の二つの部屋があった。

哲司は一人で籠《こ》もっていたのか、ダイニングテーブルの上には資料らしき書類と共にノートパソコンが置かれている。

「ごめんなさい、突然来てしまって。仕事中だったよね」

「今日はもう資料読みだけだから、大丈夫だよ。東京からだよね」

「うん。佐藤さんが手配してくれたの」

「佐藤が？」

哲司は玲奈をソファーに座らせると、向かい側に腰を下ろした。いつもなら隣に座ってくれるのに、今は二人の間のローテーブル分の距離がもどかしい。

「この前は冷静になれなくて、一人で勝手に帰ってしまって、本当にごめんなさい。もっと、きちんと哲司さんと話をしないといけないと思って、ここまで来たの」

「玲奈……」

哲司は長い足の上に肘をついて手を組みながら、玲奈を見つめている。その瞳には不安と期待が混ざっているようだ。玲奈は背筋をピンと伸ばした。

「プロポーズしてくれてありがとう。本当に嬉しい。けど、ちょっと不安があるの」

「玲奈」

「だから、きちんと顔を見て話がしたかった」

まっすぐ哲司を見つめていると、彼も話し始めた。

「わかった。玲奈の話を聞かせてほしいし、僕の話も聞いてほしい。僕たちは、もっと対話が必要だと思う」

「そうよね。哲司さん、この前は言いすぎてしまって、ごめんなさい。特に、連と哲司さんを比べてしまった。あれは失礼だったと反省しています」

「ん、あれは確かにきつかったけど、玲奈の不安を聞いてなかったのは僕の方だから。僕も、君を追い詰めてしまって申し訳ない」

眉をへにゃりとさせて謝る哲司に、今ここで伝えなければ、すれ違ったままになってしまうと玲奈も正直に戸惑いを話す。

「プロポーズは嬉しいけど、突然すぎて覚悟ができていなかったの」

「それは……ごめん。玲奈がどこかに行ってしまうような気がして。君は行動力もあるし、何度も逃げられているしね。でも、僕が先走りすぎていたよ」

「哲司さん。ごめんなさい、私、気がつかなかった」

いつも自信に溢れている哲司でも、焦って不安になるなんて。

「いいんだよ、玲奈が悪いわけではないんだ。……玲奈、やっぱり隣に座ってもいい？」

「うん」

哲司は玲奈の隣に座ると、すぐに肩に手を回して抱き寄せた。

「玲奈……来てくれてありがとう。いつも僕が追いかけているから、正直言うと不安だった」

「私、逃げてばかりでごめんなさい。でも、もう逃げちゃいけないって。自分の心と向き合わなきゃって。……哲司さんのこと、好きだから」

最後まで言い終わる前に、玲奈の唇が塞がれた。温かい彼の唇がついばむように口づけてくる。何度も角度を変えながら、まるで愛を確かめ合うような口づけだった。

「玲奈……僕の気持ちは、変わらないよ。いや、こうして君から来てくれたことで、もっと玲奈のことが好きになった。本当は君を、沖縄に呼びたいと思っていたんだ」

「哲司さん……」

お互いの気持ちを確認し、熱を分かち合う。玲奈に触れる哲司の全てから、彼の愛を感じる。玲奈は胸がいっぱいになり、哲司の広い背中に手を伸ばした。

しばらくキスをした後で、落ち着きを取り戻した二人は肩を寄せながら語り合った。

「そういえば佐藤に言われたよ、パーティー会場で君が美楯田さんたちに囲まれていたから、嫌な思いをさせたかもしれないって」

「それは……そうだけど」

心配をかけるのも嫌だったので、そのことを詳しく言うつもりはなかった。でも、こうして哲司が気遣ってくれただけで、気持ちがスーッと軽くなっていく。

「僕も安易に考えすぎていた。ああいった場はそれほどないけど、これからは玲奈の慣れないところに行く時は注意する。それに、美楯田さんたちには本当に辟易《へきえき》しているんだ。何を言われたのか大体の想像はつくけれど、きちんと教えてほしい」

哲司にそこまで言われると、話さないわけにはいかない。

玲奈はポツリ、ポツリと伝え始めた。

哲司にとって利益になる結婚ではないと言われたこと、外国語ができないこと、社交のルールも知らなくてCEOの妻になるなんて不安が大きいこと――

哲司は玲奈が全てを話しきるまで頷きながら静かに聞いていた。

仕事のことも、将来は国際機関に挑戦したい夢を伝えると、哲司は黙って頷いた。考え込むように俯《うつむ》いた後で、哲司は玲奈に説明した。

「美楯田さんのことは頼まれて秘書にしていたけれど、すぐにどうにかするよ。正直、仕事もできないから佐藤も扱いに困っていたしね」

「どうにかって、……いいの？　お父様は財界の大物だって聞いたわ」

「はっ、それこそ思い上がりだよ。美楯田の方が勝堂の名前に近づきたいだけだから、玲奈は何も心配しなくていい。それより……玲奈、君の不安のことだけど、言葉だけでは伝わりにくいから、君に会ってほしい人がいる」

「私に会わせたい人？」

「あぁ、ＣＥＯの妻といってもいろんなケースがあるよってこと。その一番いい例が、僕の母なんだ」

「哲司さんの、お母様？」

哲司の説明によると、母親はバイオリニストとして国際的に活動している人のようだ。

実家も特にこれといった事業をしているわけでもなく、単にバイオリンが好きで、音楽で生きていこうと努力した人だという。

「母に会って、話を聞いてほしい。勝堂コーポレーションのトップの妻としての、心構えとか」

「そんな、お母様に会うなんて」

「大丈夫だよ、気さくな人だから。緊張しないで、玲奈はもう父に会っているし、母も君に会いたいと思っているよ」

確かに父親である勝堂会長からは、息子の見合い相手として勧めるほど気に入られている。だとしたら母親に興味を持たれるのも自然な流れだ。

それに哲司の言うところの『CEOの妻』とはどういうものか、知りたい気持ちも大きい。

――そうだよね、不安があるなら調べなくちゃ。

緊張するけれど、会えるようなら会ってみたい。

気持ちが固まるとライターとしての好奇心もムクムクと湧いてくる。玲奈は哲司に「うん」と頷いた。

「お母様にお会いするならいつになりそう？」

赤坂にある本宅に行くことになるのだろうか、と思いきや哲司の言葉は予想の斜め上をいっていた。

「今の時間ならレストランのロビーにいるかな」

「え？　ここにいるの？」

玲奈の驚きが冷める前に、哲司は手をとると立ち上がらせた。


ホテル内のレストランに近いロビーでは『冬のバイオリン・コンサート』なる催《もよお》し物が予定されている。

全体が白い色調で、ところどころが緑のアクセントで飾られた会場は、一面がガラス張りで前面に沖縄の青い海が広がっていた。

隅の方に置かれたピアノの傍では、髪を結い上げて深紅《しんく》のドレスを着たバイオリンを持つ女性と、黒のタキシード姿のピアニストが話をしている。

美男美女であるが、女性の方は少し年齢が高いように見えた。

「玲奈、あのバイオリンを持っているのが母なんだ」

「ええっ？　今日はコンサートなの？」

「うん、ロビーコンサートだけどね、一応プロだから聞きごたえはあると思うよ」

「一応？」

「まぁ、有名になれなかったバイオリニスト、って感じかな」

話しているうちに、哲司の母がバイオリンを持ってラの音を出し始めると、ざわついていたロビーが一瞬にして静かになった。

エルガーの『愛の挨拶』というロマンチックな曲で始まったコンサートは、途中で冬の曲も演奏しつつ、最後はクライスラーの『愛の喜び』というゴージャスな曲で締めくくられた。

ロビー全体が盛り上がり、拍手が響き渡る。

その後、聴衆に向かって最後の挨拶をした哲司の母は、バイオリンを持ってロビーに座る二人の方へやって来た。

ドレスと同じ赤い口紅をつけた彼女は、匂い立つような美女だった。

「哲司、来ていたのね」

「母さん、途中でちょっとピッチが速くなっていたよ」

「あら、余計なことは言わなくてもいいわよ」

見た目の華やかさと違い、親しみやすそうな声をしている。

よくドラマにあるような冷え切った家族関係でもなんでもなく、軽口をたたく仲のよい親子関係が垣間見《かいまみ》える。

「こんにちは、あなたが総一郎さんの話していた、哲司のお見合い相手の方かしら？」

「はい、麻生玲奈です」

緊張してやっと、といった感じで声を出すと、哲司は玲奈を守るようにして母親と向き合った。

「母さん、玲奈は僕の大切な人なんだ」

「まぁ、可愛らしい人なのね。哲司の母よ、よろしくね」

哲司の母は大輪の花のような笑顔で玲奈を見て、握手のために手を出してきた。

華やかな姿をした美人の笑顔に思わず玲奈はひるんでしまうが、細い手を差し出すと両手で包み込むように握りしめられる。

「あなたのような方がお相手で嬉しいわ。哲司はあなたに優しくしているかしら？」

「はい。それはもう、とっても」

「あら、妬《や》けるわね。母親の私にはちっとも優しくないのに」

そう言って笑った後、哲司の母はコンサートの後片付けがあるからと言って楽屋に戻っていく。

また後でね、と手を振った彼女は颯爽《さっそう》とした姿で大胆に背中を見せながら歩いていった。

「はぁ、凄い美人なお母様なのね」

「そうかな？　でも自慢の母だよ、僕には厳しいけどね」

未だに鳴りやまない鼓動を抑えるように胸に手を当てていると、ふいに後ろから声がかかる。

「哲司、それに麻生さんも。よく沖縄まで来てくれたね」

ロビーには勝堂ホールディングスの会長である勝堂総一郎が、いかにもリゾートを満喫中といった服装で立っていた。

二人の前のイスに座った総一郎はとてもリラックスしているようだ。

これまでにも何度か会っているけれど、半分以上は仕事という心構えだった。だが、今回は完全にプライベートだ。

哲司がまるで見せつけるかのように玲奈の手をとって握りしめた。

「麻生さん、久しぶりだね」

「会長、ご無沙汰《ぶさた》しています。まさか会長もこちらにいらっしゃるとは思いませんでした」

「いやなに、妻のコンサートはなるべく見るようにしていてね。しかし哲司もなかなかやるなぁと感心しているところだよ。麻生さんに仕事を依頼したかと思えば、それを追いかけていったから驚いた」

「父さん、僕も必死だったんですよ。まぁ、おかげでこうして捕まえることができましたが」

「ははっ、ニューヨークで見つけておきながら、何もしなかったのはお前じゃないか」

「そんなことはないけど」

「哲司さんっ」

哲司が余計なことを言わないかとヒヤヒヤしつつも、玲奈は先ほど会長が口にした言葉に引っかかりを覚えた。

「哲司さん、今会長が言われた仕事って、やっぱりホテルの取材のことだよね」

「あ、あぁ。あの企画を見て、玲奈にお願いできるか確認したら、編集者からもお墨付きを貰えたから依頼したけど、もしかして嫌だったのか？」

「そんなことはないけど、ちょっとモヤモヤしちゃっただけ」

実力が認められた上での仕事ではなかったことがわかり、少し落ち込みかけたところで勝堂会長が話しかけてきた。

「麻生さん、君の書いた記事を読ませてもらったよ。女性らしい視点で生き生きと書かれていて面白かった。確かに哲司はよこしまな想いを持って君に仕事を依頼したかもしれないが、運も実力のうちだ。これをチャンスだと思って頑張ればいい」

「会長、ありがとうございます」

「それよりも哲司が麻生さんの邪魔をしたのではないかと、その方が心配だったよ」

「そ、そんなことは……まぁ、ちょっとはあったのかな？」

「玲奈！」

隣にいる哲司が焦ったように玲奈の顔を覗き込む様子を見て、勝堂会長はにこやかに微笑んでいる。

「哲司、お前が落ち着くようなら、ようやく引退できるかな」

「父さん、まだまだ働けるようならお願いしますよ。僕では抑えの効かない部署もありますからね」

「バカなことを言わないで、お前が舵《かじ》を取ればいいことだ。麻生さん、いや玲奈さんも、哲司のしつこさに呆れず付き合ってくれてありがとう。まぁ、男なんて振り回されるくらいがちょうどいいからな。私も妻には本当に振り回されてきて……」

会長が昔のことを懐《なつ》かしそうに話し始めたところに、一人の女性が近づいてきた。

「あら、三人で仲よく何を話しているのかしら？」

哲司の母が、ドレスからサマーワンピースに着替えロビーまでやって来ると、その場が一気に華やいだ。夫である総一郎の隣に座ると、彼女はじっと会長を見て言った。

「あなた、今私のことを話していたわよね」

「あ、あぁ。どれだけ君が私を振り回していたかを、玲奈さんに説明しようかと」

「あら、振り回していたなんて心外だわ。あなたが勝手に追いかけてきたんでしょ？」

「そうに違いない」

ははっと豪快に笑う会長を見ていた玲奈に、哲司が説明を付け加えた。

「母はバイオリニストとして、世界中で演奏していたんだ。父はよく仕事を抜け出してコンサートを聞きに行っていたよ。僕もそれに付き合わされて、小さな頃から海外に行くことが多かったんだ」

「そうなの……意外だわ」

「だから母は勝堂の仕事とか社交なんて、何にもしていないよ。むしろ父の仕事の邪魔をしていたというか」

「そ、そうなのね」

話を聞けば聞くほど驚いてしまう。でも、この目の前に座る人なら本当に世界中を駆け回っていそうだ。

「ね、玲奈。だから君も遠慮しないで国際的な仕事をしてほしい。君を応援する気持ちは、両親から見て学んでいるつもりだから、安心してほしい」

「哲司さん」

彼の愛の溢れる言葉に嬉しくなる。確かに二人に会わなければわからないことだった。

言葉だけでは、信じることができなかっただろう。潤《うる》んだ瞳で哲司を見上げていると、二人の間に割り込むように声がかけられる。

「あら、二人でいい雰囲気なのはいいけど、それだと私がまるで自分のことしか考えていないみたいじゃない」

「母さん、そんなことは言ってないよ」

「そうだぞ、哲司。母さんは仕事の邪魔なんかじゃなかったよ。忙しい私にとっての癒《いや》しだったんだ」

「あぁ、今度は父さんまで惚気《のろけ》出した」

目の前で繰り広げられている光景に、胸に嬉しさが広がっていった。賑やかに話す三人を見ていると、本当に素敵な家族だなと思う。

本当にお互いを想い合っている姿は、普通の家族と変わりがない。

――私も、哲司さんとこんな風に仲のいい夫婦になりたいな……

玲奈も微笑んでいると、哲司の母がウェイターを呼んでハイビスカスティーを注文した。

「ハイビスカスティー、ですか？」

「そうよ、あなたもいかが？　美容にいいらしいわよ」

そう言って玲奈の分も追加すると、四人は改めて向き合った。

哲司と彼の両親に囲まれ緊張するけれど、哲司は安心させるように再び玲奈の手をギュッと握りしめた。

「父さん、母さん、改めて紹介するよ。こちらは麻生玲奈さん。僕の恋人で、いつか妻になってほしいと思っている人だ」

「哲司さん……！」

まさかここまではっきりと宣言されるとは思っていなかった。プロポーズはされていたけれど、哲司の両親に改めて伝えられると彼の本気を感じる。

手をさらに強くギュッと握りしめられ、哲司の手が汗ばんでいるのがわかる。自信家のように見える彼でも流石に緊張しているのだろう。

「二人のことだから反対はしないと思うけど、これからのことは玲奈と僕とで決めさせてほしい」

真剣な顔つきになった哲司を、会長も、その夫人も穏やかな表情で聞いていた。

「哲司、お前がそこまで言うなら私たちは何も言わないよ」

「そうね、玲奈さんのお仕事もあるでしょうから、その辺りはきちんと話し合いなさいね」

「わかっている。玲奈の希望を叶えるのも、僕の仕事だ」

「それならいいけど、余計なことをしすぎちゃだめよ」

哲司の母はそう言うと、また柔らかく笑った。両親の了解を得ることができてホッとしたのか、哲司は玲奈の方を向いて微笑んだ。

そうしているうちに情熱的で鮮やかな赤い色をしたハイビスカスティーが届けられる。

「私ね、この色が大好きなの。玲奈さんも飲んでみて」

「はい、いただきます」

ちょっと酸味が強いけれど、すっきりとした味をしている。

その後は終始和《なご》やかな雰囲気で、玲奈も哲司の母から歓迎されていることを感じてホッとした。

彼女は玲奈の仕事に興味があるのか、いろいろと質問をぶつけてきた。丁寧に答えていくと、最後には満足そうに頷いて会長の方を向く。

「ねぇ、あなた。先が楽しみね」

「そうだな。哲司に任せられるようになったら、私たちも旅行に出かけようか」

「そうね、久しぶりにヨーロッパに行きたいわ」

仲睦《なかむつ》まじく語り合った後で、玲奈と哲司に向き合うと、二人は席を立ち上がった。

「私たちはこれでお暇《いとま》させてもらうわね。玲奈さん、また会いましょうね」

「玲奈さんのご両親にも、よろしく伝えるんだぞ」

会長たちはこの後も予定があると言ってその場を立ち去った。まだ緊張している玲奈に気を配ったのだろう。ようやく哲司と二人きりになれた玲奈はホッとして胸を撫で下ろした。


少し散歩でもしよう、と哲司は近くの海岸に玲奈を誘い出した。

ロビーから直接外に出ると、綺麗な海と砂浜が目前に広がっている。

「玲奈、緊張させたかな」

「ううん、私もご両親と直接お話ができてよかった。それにお母様のことも聞けて安心した。本当に素敵な方なのね。びっくりしちゃった」

波の音がリズムを刻みながら打ち寄せてくる。風が吹くと玲奈のスカートの裾がはためき、歩くとキュッと砂の音がする。

「あと、玲奈の仕事のことだけど……僕は君のキャリアを応援したいと思っている」

「……うん、その気持ちは、嬉しい」

玲奈にとって、哲司との将来で一番の課題は仕事だ。

CEOの妻になることで、色々と縛られるのではないかと思っていたけれど、その不安は随分と解消された。

「だから、母を見てほしかったんだ」

「凄いお母様よね、バイオリンを続けていらっしゃるなんて」

「あぁ、母は……一度はクライスラー国際コンクールにも出場したことがあるんだよ」

「ええっ？　あの有名なコンクールに？」

「入賞はできなかったみたいだけどね」

「でも、素晴らしいことだわ、国際コンクールに出場できるだけで、相当の実力があるってことでしょ？」

「で、それがきっかけで父と出会い結婚した」

哲司は海の方を見つめながら話している。玲奈も心地よい潮風と波の音を聞きつつ哲司の方を向いた。

「結婚後も、母はバイオリニストであることをやめなかった。僕が生まれてもね」

「……本当に、夢を追いかけたのね」

「そう、父に頼れば自分のオーケストラを作ることもできただろうけど。そんなことしないで、自分の腕一本で頑張っていた。ま、結果的に成功したとは言い難いけど、今は沖縄のアマチュアのオーケストラの指導をしながら、ホテルの結婚式でも弾いているみたいだね」

「哲司さん、じゃ、もし、もしも私が……」

「うん。玲奈にも仕事を続けてほしいし、国際機関で働く夢を追いかけてほしい。応援するよ」

「哲司さん！」

玲奈は思い切り腕を広げて、哲司に抱き着いた。

危なげなく玲奈を受け止めた哲司は、腕を背中に回すと身体を少し震わせて囁《ささや》いた。

「玲奈、愛している。この気持ちは変わらないよ」

「……哲司さん、私も」

すぐ傍にある哲司の顔が、ゆっくりと下りてくる。玲奈がそっと目を閉じると、哲司の柔らかい唇が触れてきた。

これまで感じたことのない喜びが、玲奈の胸いっぱいに広がっていく。

沖縄の優しい波の音と共に、二人は互いの胸の鼓動を聞いた。


今夜はシーサイドのコテージに泊まろうと哲司に誘われ、海に面した部屋で二人きりのディナーをとることにした。

「ところで玲奈。クリスマスプレゼントを兼ねて、これを受け取ってもらえるかな」

哲司がとり出したのは、ウィーンのホテルに置いてきたハイ・ブランドのかばんだった。

これを貰うことは哲司の気持ちを受け取ることになるからと、一度は諦めて返したものだ。

「これって、私がウィーンに置いてきた……」

手触りのいい革のかばんを見ると、ウィーンでの一日を思い出す。

雪で滑《すべ》って転びそうになった玲奈を抱き止めた哲司と、キスをした時にも持っていた。

今の玲奈であれば、かばんと共に哲司の想いも素直に喜んで受け取ることができる。

哲司のまっすぐで、揺らぎのない愛を信じられるようになっていた。

「それから、もう一つ。これは僕の部屋の合鍵」

「そんなっ、合鍵だなんて」

「できれば夜だけでも一緒に過ごしたい。お互いに忙しくてすれ違うのは避けたいからね。年始には時間を作って、玲奈のご両親のところにも挨拶に行こう」

それではもう結婚前提になってしまうけれど、玲奈の心は固まりつつあった。真摯《しんし》な彼に対して、自分も誠実でいたい。素直になって受け取ろうと玲奈は笑顔を返した。

「ありがとう。哲司さん、嬉しい」

「玲奈、受け取ってくれて僕も嬉しいよ」

哲司は時計を見ると、「そろそろかな」とソワソワしている。

何かと思って哲司の見ている方向を向いた途端、夜空に向かって一発の花火が打ち上がっていく。空気を切るような音を立てながら光の筋が上っていき、パァンと弾けて夜空に大輪の花を咲かせた。

「わぁ、綺麗！　冬の花火だなんて……」

見とれているうちに、爆音と共に連続して花火が上がっていく。その一つはＬＯＶＥという文字が書かれていた。

「見て、哲司さん！　文字の花火だよ！」

そしてシュルルと燃える音がしたかと思うと、海岸近くでは『レナ結婚しよう』という文字が火で形作られて浮かび上がっていく。

「えっ、ええっ、なんで？　私の名前？」

全ての文字が見えた瞬間、後ろで花火が盛大に打ち上がって夜空が一瞬で明るくなった。

一分間近く爆音が鳴り響き、滞在している人たちの歓声が聞こえてくる。

驚きのあまり声を失くした玲奈が哲司を見ると、あまりにもびっくりしているのが面白かったのか、イスで足を組み嬉しそうにくつくつと笑っている。

「玲奈、やっぱり僕と結婚しようよ。これからもたくさんのサプライズを贈るよ」

「えっ、なにそのプロポーズ！」

先日のタキシード姿とは打って変わってベージュの短パンにビーチサンダル、白いTシャツ姿の哲司からのプロポーズに、思わず脱力してしまう。

盛大な花火に驚きつつも、玲奈の中にあったわだかまりは消えていた。

何よりも、こうして諦めないで伝えてくれる哲司の愛が嬉しくてたまらない。爆音がやんで静かになり、花火が消えて煙が流れていくのを見た玲奈は大きく息を吸い込んだ。

「もう……哲司さん。こんな私だけど、結婚してくれる？」

「玲奈！」

哲司は玲奈を引き寄せると広い胸に顔を押し付けさせるように抱きしめた。

――やっぱり私は哲司さんから、逃げきれない。

納得したところで、それでも一つだけ言っておかなければと玲奈は顔を上げた。

「あ、でも私、海外に行く仕事が入ると留守にしがちだけど、いいの？」

「大丈夫だよ、僕ならどこまでも追いかけるから。玲奈を捕まえるのは得意だって、知っているだろう？」

「ふ、ふふっ、そうね。そうだったね」

再び逞《たくま》しい腕に抱きしめられて、玲奈はようやく思い至ることができた。この腕の中にいることが、自分にとっての幸せなのだ。

哲司の言う『運命の人』というものを信じてみようと顔を上げると、彼が嬉しそうに微笑んでいる。

「花火も哲司さんが用意したの？」

「あぁ、大胆なことをしないといけないかなって。玲奈もニューヨークで言っていたからね」

「もうっ、変な方向に大胆すぎるよ！」

「本当はこのホテルの新企画にしようと思って、今夜は試し花火だったんだ。でも、成功してよかったよ」

ははっと笑いながら髪を撫でた哲司は、玲奈に甘く囁《ささや》いた。

「玲奈と今夜、ずっと星空を見ていたい」

冬の沖縄の夜空は、澄んでいて星がたくさん見える。花火の煙が完全に流れると、すぐに満天の星が現れた。

「うん、私も」

耳を赤くしつつも答えると、哲司は小さく「やった」と嬉しそうにしていた。

——可愛い、なんて言ったら怒られるかな……

ニューヨークでは黒豹のように隙のない人と思ったけれど、今や哲司は玲奈に懐《なつ》いた大型犬のようだ。

これから一緒に過ごしていく彼が愛しくて、玲奈も嬉しくなって微笑んだ。

コテージの寝室はベッドに寝ころぶと星空が見える作りになっている。ベッドの端に腰かけながら、玲奈は上を向いて落ちてきそうなほどたくさんの星を見ていた。

「ね、こうして一緒にいると不思議……普段の景色が特別に見えてくる」

「そうだね。ほら、玲奈にも星を一つプレゼントするよ」

「え？」

哲司はヘッドボードの上に置いてあった小さな箱を取り出すと、黄金色に光るイエローダイヤモンドの指輪を取り出した。

「今度こそ、受け取ってほしい。玲奈のために、夜空からとってきたんだ」

「哲司さん……！」

指輪は今まさに頭上で輝く星のように美しく光っている。一度は拒絶したけれど、もう断る理由もないと玲奈は左手を差し出した。

「よろしくお願いします」

「……大切にするよ、玲奈。一緒に幸せになろう」

哲司は白く細い手をとると、薬指に指輪をゆっくりとはめる。

キラリと光を集めるダイヤモンドの指輪をはめた手を、玲奈はそっと胸に当てた。

「ありがとう、こんなに高価なもの」

「君が特別だからだよ。僕にとって、玲奈の価値は測ることなんてできない」

「そうなの？」

「そうだよ。僕の大切な……妻になる人だ」

哲司は手を差し伸べて玲奈の後ろ髪を梳《す》き始めた。これまでになく優しさを瞳に浮かべ、穏やかに微笑んでいる。

思えばニューヨークで初めて会った時、彼の前では素直に涙を流すことができた。意地っ張りな玲奈は、滅多《めった》なことでは人前で涙を流すことはなかったのに、不思議と哲司の前だと自分をさらけ出すことができた。

あの時から既に哲司に心を開いて、好きになっていた。

「哲司さん、……愛してる」

玲奈は目を閉じて顔を近づけ、哲司の唇にそっと自分の唇を重ねる。するとそれを合図に、哲司が厚い舌でノックするように玲奈の唇を舐めた。

「玲奈、これからも僕が追いかけるのは、君だけだ」

舌先を絡めるキスをしながら、哲司の手が玲奈の羽織っているバスローブの腰紐を緩め、肩から引き下ろす。姿を現したまろやかな白い双丘は既に先端を尖らせていた。

「僕に落ちてきた星のように綺麗だよ、玲奈……」

甘やかな吐息と共に哲司の硬い手が柔らかい乳房を揉み始める。何度も角度を変えて激しく口づけられ、同時にしこった乳頭をつまみ上げられる。

「あっ、んっふうっ」

少し大きめの乳輪をなぞるように指でなぞられ、時折形が変わるほどに強く揉みしだかれる。二人の荒い吐息しか聞こえないバンガローで、玲奈は哲司の劣情を必死に受け止めていた。

「哲司、さんっ、今日なんか、激しいっ」

「ようやく玲奈が、僕のものになったんだ」

唇を離した哲司は、玲奈をベッドにそっと横たわらせた。

いつもより目をギラギラとさせた哲司が自分の着ているバスローブを脱ぐと、既にペニスが天をつくように怒張している。

下着も取り去り、二人とも一糸まとわぬ姿となって肌を重ねた。

「……んっ、はぁっ、……ああっ……」

哲司に太腿の内側にじゅっと吸い付かれ、ピリッとした痛みを感じる。

キスマークをつけられるのは初めてではないけれど、今夜は狂おしいほどの劣情で所有印をつけられている。

「てつ、じさんっ、そんなところ……」

哲司は顔を太腿の内側から移動して、濡れそぼった秘裂にそっと唇を寄せた。

熱い舌先でねっとりと舐められると、それだけで痺《しび》れるような刺激が玲奈の身体中に走っていく。

「あっ、だめ、そんなところ……きたないよっ」

「君は全部綺麗だよ、こんなにもいやらしく垂らして、たまらないな」

愛液を全て吸い尽くす勢いで舐められ、玲奈は頭が白くなるほどの快感に襲われる。

もう、何も考えられなくなるほどの愉悦に、玲奈は苦しげにくぐもった声を出した。

「んっ、んんっ、……はっ、ああっ、あ――っ」

哲司が花芽を甘噛みした途端、一気に絶頂に持っていかれる。足先をピンと伸ばし、思わず腰を浮かせてしまう。

「そうだ、もっとイくんだ……レナっ」

まだイっている途中にもかかわらず、哲司は指を二本蜜口へ入れて絶え間なく刺激する。

同時に赤く色づいた花芽を吸い上げられ、玲奈はこれまで経験したことのない快感に全身を震わせた。

「……っ、はっ……はぁっ」

呼吸が止まるほどの絶頂に、何も言えなくなる。ぐったりと身体をベッドに預け、はぁはぁと呼吸を整えていると、哲司はその隙にゴムと一緒に何かを取り出した。

「この部屋は、ちょっと特別なんだ」

リモコンを手にした哲司が操作すると、壁の一部から動作音が聞こえてくる。やがて寝台から見えるところに大きな鏡が現れた。

「や、こんなの恥ずかしい」

鏡には淫《みだ》らに身体を重ねている二人が映っている。自分では見たこともないような蕩《とろ》けた顔をした玲奈がそこにいて、哲司に抱きしめられていた。

「玲奈、今夜はこれを見ながら一緒にイこうよ」

哲司は起き上がると鏡に向かって座り、玲奈を後ろから抱えるようにして太腿に座らせた。

背面座位になり、足を広げた姿が鏡に映っている。自分でも見たことのないほどに蜜口が赤く染まり、ぬらぬらと濡れた姿を晒《さら》していた。

「挿《い》れるよ」

「はぁっ、……ああっ」

腰を少し浮かせた玲奈の蜜口に、硬く熱い塊がゆっくりと入ってくる。哲司に何度も抱かれているけれど、この瞬間はいつも期待と緊張が交じり合う。

——あ、凄く硬い……

今夜は特に哲司の熱量が高いのか、既にギチギチに太くなっているのが鏡越しに見える。

「あっ、今日は感じちゃうかもっ、ダメっ」

「つくっ、凄い、締め付けがっ」

哲司も苦しげに声を震わせ、額に玉の汗をかいている。哲司の清涼感のある匂いと汗の匂いが混ざり、それだけでビクリと震えてしまう。

男らしい喉ぼとけを上下に揺らした哲司は、ゆっくりと腰を動かし始めた。

「あぁ、いい……気持ちいいよ、玲奈」

哲司は少し口を開け、うっとりとした顔をして律動をくり返していた。

目の前の鏡には、淫靡《いんび》に身体を繋げる二人の姿が映っている。思わず目を閉じてしまうと、哲司が玲奈の顎を持って鏡の方に向けた。

「ほら、気持ちいいって顔をしている。玲奈のここは、いやらしいね」

哲司は後ろから抱きしめながら、クリトリスを捏《こ》ね始めた。同時に突き入れられた楔《くさび》の先端で、玲奈の最奥を捏《こ》ねている。

「あっ、はぁっ、あっ、て、哲司さんっ……っ」

首筋に置かれた彼の顔も、苦しげに眉根を寄せている。普段よりも刺激の強い体勢で、玲奈の肌が火照《ほて》り始めた。

しとどに濡れた蜜洞からは、さっきからぐちゅ、ぐちゅっと水音が恥ずかしいくらいに響いている。

哲司の腰のリズムに身体を揺さぶられ、胸が激しく動いていた。さっきからあられもない自分の姿を見せつけられている。本当に、こんな顔を自分がしているのが信じられない。

「あっ、も、もうっ、……見ながらなんてっ、……ああっ……っ……」

初めて見る自分の痴態に、頭がくらくらしてしまう。哲司の手はさっきから激しく玲奈の花芽を撫で回していた。

次第にスピードを上げた哲司の腰が、大きく開いた股の部分に重なっている。

「玲奈、少し横になろうか」

えっ、と思ったところで寝台に身体を横にしたけれど、身体は鏡の方を向いたままだった。側臥《そくが》位《い》になった玲奈は片足を持ち上げられ、後ろからまた哲司の熱杭が入ってくる。

「も、こんなの……っ、はずかしいっ……っ……」

違う角度で媚肉《びにく》を擦《こす》られると、それだけで快感が背中を上っていく。抜き差しするたびに、玲奈の愛蜜が哲司の熱杭に絡み、下に伝い落ちていく。

次第にスピードを上げた哲司の腰が当たり、水音を立てながら激しく抽送する。

「れなっ、れなっ……好きだっ、れな！」

「はあっ、やっ、い、いっちゃう……っ！」

最奥を突かれた玲奈は自分でも腰を動かして哲司の動きに合わせる。すると一気に全身が震えるほどの快感に襲われた。

哲司もフィニッシュが近いのか、息を荒げて腰を押し付けるように穿《うが》つ。このまま本当に、自分の秘部を抜き差しする熱杭を見ながら達してしまうなんて。

――恥ずかしい。でもっ……

身体の奥にある芯が震え、ますます蜜が滴《したた》り落ちてくる。最後にぐりっと熱を押し込められ、胸を鷲掴《わしづか》みにされたままぎゅっと抱きしめられた。

「っ、くっ、玲奈っ」

「ああっ、ああ――っ！」

二人は同時に絶頂に到達し、哲司はこれまでにないほど多量の精を玲奈の中へ被膜越しに吐いた。長い時間をかけて身体を震わせていた哲司は、名残惜しそうにペニスを二度、三度と押し込んだ。

「あっ、んんっ」

最後にずるりと引き抜かれると、寂しさを感じてしまう。圧倒的な存在感があったのが嘘のように、身体が収縮していく。

「テツ……」

「愛しているよ、玲奈。もうずっと一緒だ」

「うん」

玲奈がぼうっとしている間にゴムを付け替えた哲司は、玲奈を寝台に横たわらせ、上から見下ろしながら唇をぺろりと舐めた。

「まだまだ僕は足りないけど、玲奈は？」

「あ、え？　足りないって？」

「玲奈が足りない。もっと……気持ちよくなろうよ」

「キャッ！」

哲司は玲奈の身体をひっくり返すと、うつ伏せにして上にのしかかる。吸い付くような白い背中に胸板を当て、うなじに顔を埋めた。

「少し、腰を浮かせて」

声色は優しいけれど、抗《あらが》うことはできない。寝たまま後ろから貫くと、哲司はそのまま形を馴染《なじ》ませるように動きを止めた。

「こうして、寝たままするのも気持ちいいらしいね」

「んっ、そう、なの？」

「あぁ、寝バックって言うらしいよ。スローセックスだね」

「スロー？」

初めての体位に全身が敏感になった玲奈は、背中で彼の温《ぬく》もりを確かめる。

「今夜はゆっくりしよう、星を見ながらでもいいから」

上機嫌な哲司は、ゆっくりと腰を引いてペニスの先端を膣の入口まで抜き、再び最奥を目指して中に入っていく。

ぬちっ、ぬちっと肌が擦《こす》り合わさる音がして、ペニスの先端のふくらみが玲奈の感じるところを刺激している。それだけでイってしまいそうになり、玲奈は顔を左右に振った。

「なんかっ、おかしくなっちゃう」

「おかしくなってもいいよ、僕がいるから大丈夫だ」

そうは言っても、哲司の与える刺激でこうなっている。本人が今すぐ離れてくれればなんともないのに、それはしそうにない。

玲奈は白い枕に顔を突っ伏して嵐が過ぎ去るのを待つ心境になった。

「どうした、玲奈。何を考えている？　僕のことだけ考えてって、最初に言ったよね？」

「……そんなこと、聞いてない」

「じゃ、今からは僕のことだけだ」

背中から抱きかかえるようにしていた哲司が、玲奈の白い背中に顔を寄せると、チリ、と赤い痕をつけていく。

「もうずっとテツのことしか、考えてないよ……」

その言葉を告げた途端、哲司のペニスがぐっと力を持ったように大きくなる。思わずキュッと膣を絞ったのを合図に、哲司は上半身を起こすと玲奈の腰を浮かせるようにして持ち上げた。

「煽ったのは、玲奈だからな」

「えっ、そんなことしてないっ、あっ、ああっ」

いきなり素早く律動を始めた哲司は、玲奈を離さないとばかりに強く腰を掴んだ。玲奈はもう、鏡を見る余裕も失くしてしまい、甘い声しか出せなくなっていた。

「れなっ、れなっ」

パンっ、パンっと乾いた音を響かせながら哲司はひときわ大きく息を吐いた。

「あっ、ああっ、……っ、テツっ……あっ、もうっ」

ぐりぐりと最奥を押し上げられると絶頂感がせり上がり目の前が白くなる。言葉を失くした玲奈の耳に哲司のくぐもった唸《うな》り声が届いた。

「っ、……くっ」

震える玲奈の身体を抱きしめ、哲司はびくびくと締め付ける膣内で熱を放つ。

結局その夜、玲奈は星空の見えるコテージで何度も喘《あえ》ぐことになってしまった。そのいやらしい声も、肌を打ち付ける音も、全て沖縄の海の波がかき消してくれた。

「も、もうっ、哲司さん……こんなに痕いっぱいつけてっ」

「ごめん、玲奈、れーなっ」

甘い声を出してくる哲司に、どう頑張っても怒ることはできない。けれど身体中に残された赤い痕を見た玲奈は、驚いて頬をぷうっとふくらませた。

昨夜から身体を繋げお互いの温《ぬく》もりを確かめ合った二人は、海側の窓一面がガラス張りになっているジャグジーに入っている。

明るい浴室に哲司と二人で入るのは勇気が必要だったけれど、海の見える開放的な円形のジャグジーが玲奈を大胆にさせていた。

湯船に入ると哲司は玲奈の後ろに回り、身体をくっつけて顎を肩にのせた。上機嫌になって玲奈を可愛がるように抱きしめながら、後ろから手を伸ばして乳房をすくい上げるように持ち上げる。

「玲奈、機嫌直して。君の肌が白くて、可愛くて……僕のものだって思ったら嬉しくて」

「もう……見えるところに痕をつけるのは、ダメだよ？」

まさか、哲司がこんなにも独占欲を出して、甘えてくるとは思っていなかった。今朝から哲司は雪の解けた大地のように、生き生きとした笑顔を玲奈に見せている。

「あぁ、やっと玲奈と結婚できると思うと、嬉しくて」

「私はまだ実感できないんだけど……」

「大丈夫だよ……僕が守るから」

哲司は後ろから回した腕で玲奈の身体をぐっと引き寄せると、全てを堪能《たんのう》するように肌を合わせた。

乳白色の湯にはバラの赤い花びらが浮いていた。ローズの香りが充満する空間で、背中には哲司の筋肉質の身体が触れている。

湯の温度より熱いその身体に、玲奈も身体が熱くなっていく。

「ね、玲奈、……もう一回」

両手で玲奈の胸の先端をつまみながら、哲司は甘い吐息のように、耳元で低い声を出した。玲奈がその声に弱いことを知っているとしか思えない。

「こ、ここで？」

「うん、ここで」

哲司は立ち上がると、玲奈に「浴槽のふちに手をついて腰を上げて」と言ってくる。教えられた通りの体勢をとると、玲奈の腰を持ち上げた哲司の硬い欲望が、ぷつりと挿入《はい》ってくる。

浴室にはくぐもった声と高い嬌声が響き、哲司が腰を振る振動で水面がバシャッ、バシャッと音を立てた。

「あっ、あああんっ……気持ち、いい……」

「れな、れなっ」

一層激しく穿《うが》つ哲司の熱い奔流《ほんりゅう》が、玲奈の背中にかけられた。

彼に与えられる官能の悦びに玲奈は何度も達していた。最後は哲司の力強い腕の中に抱かれながら、唇を合わせ舌を絡めるキスをする。

沖縄の眩しい日差しが二人を淫《みだ》らに大胆にさせていた。

沖縄から帰ってきた二人は、早速年が明けると玲奈の生まれた田舎《いなか》に行き、両親に結婚の許しを貰うための挨拶をした。

田舎《いなか》町を走るには不釣り合いな黒光りする車から降り立った哲司を見て、両親は『もしかしてあっちの人?』と盛大に勘違いをしてしまっていた。

名刺を出しても、まさか田舎の娘が都会の、それも御曹司《おんぞうし》と結婚することが想像できずにいる。

昼食に用意していた野菜の煮物のように、両親はくたりとなっていた。

「お父さん、お母さん！　大丈夫？　哲司さんは普通の人だから、安心して！」

「でも、玲奈。お前は見た目と違ってがさつなところばっかりだろう……それは大丈夫なのか？」

「もうっ、大丈夫だよ。哲司さんは私が仕事を続けることも、応援してくれるって」

そう伝えると、結婚しても働くのかと父親は目を丸くしている。けれど、母親の方はホッとしたように顔をほころばせた。

「そうなの、よかったわね。玲奈はライターになりたいって、小さな頃から言っていたからね。そのために勉強も頑張ってきたし、仕事を諦めないでいいのね。お母さんも、お父さんと一緒に仕事をしていて、面白いと思っているのよ。あなたも結婚しても、お仕事頑張りなさいね」

「うん、お母さん……ありがとう」

両親に許しを得ることができて、玲奈は胸が詰まるようだった。幼い頃から、田舎《いなか》を飛び出したくて頑張ってきた。

これからもライターとして、多くの人に様々な場所を紹介したい。

隣にいる哲司をそっと見上げると、彼は切れ長の綺麗な目を猫のように細めていた。

初めて会った時と同じ、優しく玲奈の全てを包み込むような微笑みだ。

「ではお義父さん、お義母さん。結納式で私の両親を紹介させていただきますので、よろしくお願いします」

結婚式の前に、結納と両親の顔合わせを行うという。あの美しいバイオリニストの哲司の母に会ったら、きっと両親は再び驚いてしまうだろう。

くすくすと笑っていると、それを不思議に思った哲司が声をかけてきた。

「玲奈、どうした？」

「ううん、哲司さんのお母様は凄く綺麗な人だから、お父さんもお母さんも驚くだろうなって」

「まぁ、この子ったら」

終始和《なご》やかな雰囲気のまま、玲奈の両親は哲司を受け入れていた。少しだけ緊張していた哲司も、玲奈の両親の温かい態度に次第に心を許していくようだった。

――あぁ、幸せだなぁ……

正座から胡坐《あぐら》になった哲司は、綺麗な箸使いで田舎《いなか》料理を味わっている。

未だにこんなにも素敵な男性が、自分の夫になることが信じられない。けれど哲司にしてみても、玲奈の故郷がこんなにも奥まった地域だとは思っていなかっただろう。

お互いの違いを受け入れながら結婚する。玲奈は満ち足りた気持ちで哲司の横顔を見上げた。

「どうした、玲奈も食べなよ。どの料理も凄く美味しいよ」

「うん、いただきます」

箸を持った玲奈は、遠慮なくぱくぱくと食べ始める。自分の前では気取ることなく食事をする玲奈を、哲司はいつまでも優しく見つめていた。


春になる頃には貰った合鍵を使い、玲奈は哲司のマンションで暮らしていた。

これまで住んでいたアパートのセキュリティが弱いことを心配した哲司が、どうしてもと言った面もあるが、お互いに仕事が入ると忙しくなり、玲奈の方が寂しくなっていた。

哲司には安心して甘えることができる。休日になると二人は揃って、日の当たるリビングでゆっくりするのがお気に入りになっていた。

たまには哲司の膝の上で寝転がってみたいと、玲奈は膝枕を頼んでごろんと横になった。

「ん～、最高……あったかい……」

結婚式に向けて伸ばし始めた髪を、哲司が節くれだった手で優しく撫でる。

秋に予定している結婚式は、勝堂コーポレーションの関係者が集まる盛大なものになる予定だ。

衣装以外のことは彼に丸投げしている。その方が哲司も動きやすいだろう。とにかく勝堂の祝い事とあって、関係する人が多すぎて把握できないくらいだ。

玲奈は哲司の太腿に頬をすり寄せながら、先日行った結納のことを思い出していた。

田舎《いなか》から出てきた両親は、やはり哲司の母を見て口をぽかんと開けて驚いていた。彼女が祝いを兼ねてバイオリンを奏《かな》でると、さらに驚きを隠せなくなっていた。

「結納も終わったから、次は婚約発表かぁ」

玲奈は金曜に予定されている勝堂コーポレーションの創立記念パーティーに招かれている。その場で正式に哲司の婚約者として発表される予定だ。

普段は失くすことが恐ろしくてつけることのできないイエローダイヤモンドの婚約指輪をはめて、振袖を着て参加する。

ようやく肩先まで伸びた髪をアップにして、べっ甲の簪《かんざし》をつけようと思っていたけれど、片側にボリュームを出した髪型にするならもっと派手な方がよさそうだ。

「やっぱり、造花より生花の方がいいかなぁ」

呟いた玲奈の額に、哲司がそっと手を置いた。

「全く、玲奈は本当に猫のようだな……」

「あら、日向ぼっこが好きなだけですよ?」

「そこが可愛いけど、たまには僕にもかまってほしいな」

玲奈はスマートフォンを床に置くと、くすくすと笑った哲司の首に両腕を伸ばした。キスして、の合図だ。

「ん、玲奈……」

チュッとリップ音をさせた哲司は、そのまま玲奈の身体に触れてくる。その手の動きが少しだけ怪しくなっていた。

「哲司さん、……待って」

「待てない。僕は待てが苦手なんだ。……誰かさんと違って」

「もう、仕方がないなぁ」

まんざらでもない甘い声を出した玲奈は、そのまま哲司のゆっくりとした愛撫《あいぶ》を受け止める。二人で過ごす休日は甘さに満ちていて、玲奈は幸せな時を過ごしていた。


金曜日は朝から会場となるシエラ・ホテルに向かい、振袖を着つけてもらう。髪型も事前に打ち合わせた通り、サイドアップにして華やかな生花にファーをつけていた。

赤と白という、いかにも祝い事を表す色の組み合わせに、大小の菊模様が染められている。田舎《いなか》の両親がこれだけは、と用意してくれた古典柄のクラシカルな振袖だ。結納の場に次いでこれを着るのは二回目となる。

「玲奈、今日も綺麗だ。やっぱり和装を見ると、京都の料亭を思い出すね」

「う、まぁ……そうよね。あの時は訪問着だったけど」

「この振袖も素敵だよ」

相変わらず甘い雰囲気全開の哲司は、玲奈の腰に手を添えると会場となるホールに入っていく。今日は主役の一人なので、自《おの》ずと注目を集めている。

挨拶のために哲司が玲奈の傍を離れると、ようやくホッとした心地になった。

婚約者の発表が終わるまでは、流石に玲奈に声をかけるような人はいないと思われたけれど――

「あら、お久しぶりね。まだ諦めていなかったのかしら」

巻いた髪を揺らしながら近づいてきたのは、秘書を辞めたはずの美楯田だった。

「美楯田さん、ご無沙汰《ぶさた》しています」

軽く礼をすると、彼女は忌々《いまいま》しげな目で玲奈を睨んでいる。

嫌な予感がして彼女の手元を見るけれど、どうやら飲み物は持っていなかった。ここでドラマのようにお酒をかけられると、着物だからシャレにならない。

ホッと一息ついて彼女に向き合うと、腕を組んだ彼女は玲奈を見下げるように口角を上げた。

「振袖も格がなってないようね……そんなことで勝堂の妻になれるのかしら」

「これは両親が選んでくれた、私にとって一番素敵な振袖です。ですから、美楯田さんに文句を言われる筋合いはありません」

「なっ、……あなた、そんなことで勝堂のような大企業に嫁《とつ》ぐことができるの？」

「あの、美楯田さん。何か誤解していませんか？　私は哲司さんと結婚するのであって、勝堂コーポレーションと結婚するわけではありません。もし哲司さんが病気か何かで働けなくなっても、財産を失っても、そうなったら私が働いて彼を養うつもりですけど」

まさか言い返されると思っていなかったのか、美楯田はギリ、と奥歯を噛みしめた。

「そんなことといっても、彼はＣＥＯなのよ。それも極上の男なのに……なんであなたみたいな女を選ぶのよ」

「……美楯田さん、女性は男性のアクセサリーではありません。第一、極上とか至高とか言われる男性陣は、大抵自立した精神の女性を求めるものです。美楯田さんもせっかく教養と語学力があるなら、それを利用して活躍されれば、素敵な男性の方から求められますよ」

「なによ、偉そうに！　あなたは勝堂ＣＥＯに求められたって言うの？」

求められたか、そうでないかと問われると、玲奈の答えは一つしかない。

なんといっても玲奈は三度も逃げたのに、哲司に執拗《しつよう》に追いかけられたのだ。でも、そのことを今の美楯田に告げるのもどうかと思い、玲奈はにこりと微笑んだ。

「それは……哲司さんに聞いてください」

玲奈は少し嫌味かな、と思いつつも左手を口元に持ってきた。薬指にはイエローダイヤモンドの婚約指輪が光っている。

これだけの大きさの石の指輪の価値は、玲奈よりも美楯田の方がわかるだろう。

案の定、指輪を見た美楯田は顔色をサッと変えると、「もういいわ」と言ってその場を去っていった。

秘書の佐藤がようやく美楯田に気がつき、玲奈のところへ近寄ってきた。

「麻生様、申し訳ありません。どうやら美楯田は元社員として勝手に入り込んでいたようです。彼女に失礼なことを言われませんでしたか？」

「失礼なこと……ばっかりだったけど、大丈夫です。今度は私も思いっきり言い返しましたから」

玲奈は微笑んだまま、出口に向かっていく美楯田の後ろ姿を見ていた。

きっと、婚約披露《ひろう》で浮かれている玲奈に嫌味を言い、一泡吹かせようと思っていたのだろう。けれど覚悟を決めた玲奈にとって、もはやなんということもなかった。

――ほんと、あんなにエネルギーがあるなら、他に向ければいいのに。

彼女ほどの美貌と知識があれば、きっと別の方向で活躍できるに違いない。

ほう、と息を吐いた玲奈は、過ぎたことだと、もう彼女の背中を見ることをやめた。

佐藤は時計を見て時間を確認し、「そろそろ壇上に向かってください」と玲奈に声をかけた。ここからが本番だ。玲奈は覚悟を決めると顎を上げて、哲司のいる方を見た。

――さぁ、哲司さんの隣に行かなくちゃ。

玲奈と哲司は、会場全体を包む拍手で迎えられる。誰も玲奈のことを悪く言う者はいなかった。むしろ、隣に立って幸せそうに寄り添う玲奈を、歓迎する雰囲気でいっぱいになっている。何よりも哲司が玲奈に向ける視線がこれまでと違って、蕩《とろ》けるように甘いことは誰の目にも明らかだった。

今日は一日中重たい着物を着て疲れただろうから、と哲司はホテルに部屋を取ってくれていた。創立記念パーティーも無事に終わり、玲奈は振袖を脱いでいく。化粧も落として広いバスタブに入ると、今日の会話を思い出す。

『玲奈さんは美しいだけではなくて、とてもお淑《しと》やかな方のようですね』

挨拶をすると、時々容姿を褒められると共に『お淑《しと》やか』と言われてしまった。

確かに自分の外見が大人しそうに見えることは知っている。けれど実際はそうではないことも、哲司は知っている。

『いえいえ、淑《しと》やかなだけでは僕の伴侶は務まりませんから』

含みを持たせた返事をされ、相手は『まぁまぁ』と顔を赤らめていた。

絶対に誤解している。

――でも、哲司さんって、私のことを第一印象と違うって言うけど、彼も相当だと思う。

昼間は紳士で夜は獣《けだもの》。そんな話が実際にあるとは思ってもいなかった。

勝堂コーポレーションを背負う彼は、とても素敵な紳士である。今日のパーティーでも堂々として、本当に格好よかった。

人を惹きつける微笑みに優しい仕草。丁寧な言葉遣いと上品な佇《たたず》まい、彼は生まれながらのサラブレッドといっても過言ではない、正に本物の現代の王子様だと……思う。

そんな彼が夜になると正に豹変する。黒豹のような人だなと思っていたけど、本当に変わってしまう。彼はちょっとだけ紳士ではなくなってしまう……でも、そんな彼も実は好きだ。

ふぅ、と息を吐いた玲奈はお風呂から出ると、身体を拭いてバスローブを着た。

もうすぐ二次会で酔ってしまった哲司が部屋に来るだろう。それまで起きて待っていようと、玲奈はミネラルウォーターを冷蔵庫から出して飲んでいた。

「ねぇ玲奈。このネクタイで腕、縛ってもいい？」

「えっ？　縛るの？」

「……そうだよ。ここを、こう結んでヘッドボードに括《くく》り付ける」

キュッと正絹《しょうけん》が重なる音がすると同時に、両方の手首を縛られていた。頭の上に固定され、裸の胸を隠すこともできない。

「ね、ねぇ。哲司さん。この紐やっぱり……ちょっと」

予想した通り酔った体《てい》で部屋に来た哲司は、バスローブ姿の玲奈を見るとすぐに寝室になだれ込んだ。

「どうして？　玲奈。君も気に入ると思うよ。普段の君は好奇心旺盛で、何事も挑戦したいだろう？」

――って、なんで？　なんで私は縛られているの？

「それに玲奈はちょっと激しい方が、いっぱい感じられると思うよ」

――そんなことまでバレてる。本当は激しくされるのが好きだって、わかっていたんだ。

今日は婚約披露《ひろう》も終えて気持ちが大きくなったのか、哲司は普段より大胆な行動をとっていた。

パーティーのために仕立てた上等な三つ揃えのスーツを脱がずに、そのまま玲奈を裸にして眺めている。

――きっと、CEOとしての重責を日々感じているから、そのストレスのはけ口なのかな……

そうだとしたら、婚約者として彼の性癖も受け入れるのが愛だと思う。

「哲司さん、こんな風にしたかったの？」

「大丈夫、君が痛いことはしないから」

冷静で紳士な顔をしながら、初めて縛ることへの興奮を瞳の奥に滾《たぎ》らせている。玲奈も思わずゴクリと喉を鳴らし、期待してしまう。

これまでも哲司とのエッチは刺激的で、ありえないほど気持ちよかった。

「玲奈、……好きだよ」

掠《かす》れた声でいつも通り、でも、いつもとちょっと違う愛を囁《ささや》く。

彼にしてみると玲奈を喜ばせたいから、愛撫《あいぶ》にも手を抜かない、らしい。

哲司はスーツを着たまま玲奈を裸にし、優しい手で身体中を撫で乳房を愛撫《あいぶ》する。以前より大きくなった胸は、すっかり彼のお気に入りだ。

いつも吸い付いて、揉みながらやっぱり吸い付いてくる。

「あっ、……っふっ、ああっ……っ、あんっ、……もっと、強く」

「あぁ、わかってるよ」

動かせない手がもどかしい。いつもなら彼の頭を抱いてもっと胸を押し付けることができるのに。

カリっと硬く勃《た》った先端を噛まれ、ピリッとした痛みを覚える。

「はぁあっ、ああっ」

チロチロと舌を出して、噛んだ跡を舐めている。こんな顔をするなんてずるい。

上目遣いで鋭く見つめられると、どうしようもなく下半身が疼《うず》いてしまう。もっと、その目で強く求めてほしい。

彼はゆっくりと手を下生えに伸ばして、愛蜜を指にまとわせる。二本の指をつぷりと、既に哲司の形に馴染《なじ》んでしまった蜜洞に入れ、指を折り曲げた。

哲司は回数を重ねるごとに研究熱心になって、玲奈の感じる全てのポイントを探っている。僅かな反応を拾っては何度も試して確認していた。

おかげで、玲奈は何回も彼にぐちゃぐちゃになるほど抱かれている。今夜も無事ではいられないだろう。

くちゅ、くちゅと溢れる蜜を蕾《つぼみ》に絡めて、内側と外側を同時に刺激されると、すぐに快感が背筋を走り目の前が一気に白くなる。

「ああっ、あ――っ、あぁっ」

一つ目の山に登りきって、玲奈は、はぁはぁと息を切らし胸を大きく上下させた。

「ねぇ、お願い。これ、もうとって」

「まだ、もう少し」

「えぇえ、お願い。だって……哲司さんを抱きしめられないなんて、いや」

なるべくくっついていたい。裸と裸になって、肌をくっつけたい。

でも、まだ哲司のシャツのボタンは外されず、ウェストコートもジャケットも何も乱れていない。

「私ばっかり裸になって、ずるい」

「あぁ、僕が玲奈のお願いに弱いのを知って、そんな顔をして……いけない子だ」

少し困ったような顔をしても、ネクタイを解いてくれない。いけないのはどっちだ。

そこからひたすら、哲司は玲奈を気持ちよくさせるための愛撫《あいぶ》を続けた。

ずっとキスをしながら、花芽を撫でては揺れる乳房を揉んでいる。

「んっ、ふぅっ、ううっ……も、もうっ、お願いっ」

「まだ、ダメだよ。もうちょっとイって」

「いじわるっ、ね、もうお願い。哲司さんのおっきくて硬いの、挿《い》れてほしい」

「玲奈はいやらしい子になったね。自分からおねだりするようになるなんて」

「だってぇ……」

もう指だけでは物足りなくなっていた。彼も絶対に痛くなるほど勃《た》っているに違いないのに、こういう時にも彼は素晴らしい忍耐力を発揮して、すぐに挿《い》れてくれない。

暑くなったのかジャケットを脱いだけれど、あとは何一つ普段と変わらないスーツ姿で玲奈を愛《あい》撫《ぶ》している。

まるで仕事をしている最中に犯されているようで、背徳感でいっぱいになる。

普段はオフィスで威厳のある顔をして、難問であっても簡単に解いてしまうほど頼りがいのある哲司。

そんな彼が今、冷静な振りをしながらも、実は下半身をガチガチに硬くしていることを知っている。玲奈だけが見ることのできる、哲司の姿だ。

――もうっ、私がおねだりすると、いつもならすぐにくれるのに。今日はかなりSになっているのかなぁ。

仕方がないから、膝を立てて彼の股間に当て、少しぐりぐりと押してみる。本当は手で触りたいのに、縛られているから動かせない。

「こら、足がはしたないことをしているよ」

「だったら手を外して」

「外したら、どうする？」

「どうするって……哲司さんを抱きしめたい」

顎を引いて上目遣いで見上げると、目元を少し赤くした彼は「参ったな」と言っている。

参ったなら、お願いだからネクタイを外してほしい。

「でも、今日は縛ったまま最後までしてみようよ」

やっぱり頑固だ。

しかし堪《こら》えきれなくなったのだろう、彼はカチャカチャとベルトを外すと、トラウザーズとボクサーパンツの前面を下ろした。

すると臨戦態勢になった熱杭がポロリと姿を現した。先端は既に先走りの液が漏《も》れている。

「玲奈、君の欲しいのはこれかな？」

「うん、そう。そのおっきいのがほしいの」

「全く君って人は……僕を煽《あお》ることしかしないな」

でも彼の方が玲奈を乱れさせている。こんなにもはしたない言葉を使うのも、感じすぎて飛んでしまうことも、哲司のエッチが上手だからに違いない。

本当に気持ちよくて、愛されていると実感できる。

「あぁもおっ、哲司さん、きてっ」

ウェストコートも脱がないで、中途半端にトラウザーズを下ろした姿で哲司は玲奈の中に熱杭を打ち込んだ。それも、最初から最奥を狙っている。

「ああっ、いいっ」

ぱちゅん、と玲奈の中から漏《も》れた愛液が潤滑剤となっていた。

彼の硬い杭はいつもより太くて熱い。抽送するスピードも速くて、玲奈は声を抑えられなかった。

普段以上にお互い興奮している。

「っ、くっ」

哲司は額に玉のような汗を浮かべながら、玲奈の腰骨のあたりを持って膝立ちになり、ペニスを膣内に入れて腰を打ち付ける。

——哲司さんのこの顔が好き。

他でもない、自分の身体で快感を得て、必死になって、いっぱいになっている顔。昼間は紳士な彼が、今は欲望を放つためだけの顔をしている。

彼は腰骨を掴むと、ぐぐっと熱杭を大きくさせて中で弾けた。

——ああ、哲司さん、大好き。

玲奈のうなじに顔を預け、終わった直後とあって、はぁはぁと息を整えていた。

「玲奈……大丈夫？　痛くなかった？」

息を落ち着けた彼は玲奈の手首のネクタイを緩めて解いた。動きを封じられていた腕が自由になると、玲奈は哲司の首の後ろに手を回して整った顔を引き寄せる。

「玲奈？」

返事の代わりにキスをすると、哲司も応えるように舌を差し出す。

んちゅっ、ちゅっと水音が鳴るほど口づけた後で腕を離すと、彼は満足そうに微笑んでいた。

「ほら、玲奈。君はやっぱりちょっと激しい方が、よかっただろ？」

「そんなこと言って……次は私が哲司さんを縛ってみたい」

――ほら、さっと目元が赤くなったから、期待したんだろうな。私だって、翻弄《ほんろう》されるばかりじゃないから。

「全く君は、いつでも大胆だな。そんなところが、また好きだけど」

呆れた顔をしながらトラウザーズを脱ぎ始めた彼のシャツのボタンを外していく。

夜はこれからだから、もうちょっと。

玲奈は今まで自分の手首を縛っていたネクタイを手に持つと、にこりと笑って哲司の目元を覆い隠すように縛る。

その日の二人は、これまでにない夜を味わった。

◇エピローグ

「ようやく、ここに来ることができたね」

「本当だ」

クリスマスにプロポーズされてから一年後に結婚し、四年の月日が経っていた。今日は玲奈の誕生日をお祝いするために家族で旅行に来ている。

旅行先に選んだのはモルディブだった。二人とも行ったことのない国で、ゆっくりと過ごせるところ。地図を見てあれこれ考えて決めた極上の南国リゾートだ。

東京からおよそ七時間のフライトは、新婚旅行と思《おぼ》しきカップルでいっぱいだった。マーレ国際空港で降りた玲奈たちを出迎えてくれたのは、笑顔いっぱいのホテルスタッフ。

そこからスピードボートに乗ってホテルのある島に移動する。

モルディブでは、一つの島が一つのリゾートホテルになっていることが多い。玲奈たちが選んだのは、島に十棟しかコテージのないリゾートだった。

今回は海辺に立つ家をまるごと一つ、貸し切りで使うタイプのコテージに宿泊している。独立した家のベッドには、花と葉っぱでＷｅｌｃｏｍｅと書かれていた。

「ねぇ、パパあそぼ」

「ああ、浮き輪を持って海に行こうか」

「うん！」

三歳になる息子の総司《そうじ》は元気いっぱいで、父親の哲司と手を繋いでいる。

普段は忙しくて相手ができないとぼやいている彼も、ここにいる間は父親役を満喫しているようだ。

「あ、私はスパに行ってくるからね」

「わかった、楽しんでおいで」

玲奈も普段は手入れをする時間も取れないので、今日はめいっぱいエステを堪能《たんのう》するつもりだ。ついでにモルディブの旅行記も後で書きたいから、取材も兼ねている。

結婚してからは砂糖漬けの菓子のように甘い生活を送りながら、玲奈はルポライターの仕事を続けていた。

妊娠した後は仕事の調整も必要だったけれど、哲司の協力もあってなんとかなっている。

何よりも、結婚、妊娠、出産を経験したことで新しいフィールドを知ることになり、仕事の幅が広がった。

やはり自分が体験していると、記事の内容にも説得力が出て、今ではママ記者として書く機会が増えている。

そうした主婦狙いの雑誌編集者からの評判もよく、仕事の依頼が切れることはなかった。国際機関で働く夢は少し遠のいたけれど、それはそれで長期戦で取り組もうと思っている。

人生は長いのだから焦らず進めていけばいい。

あれから館内の記事を見かけることはなくなった。ライター同士の集まりにも顔を出さないから、きっと仕事を変えたのだろう。

玲奈も気にすることなく、今はもう頭の片隅にも残っていない。

それより美楯田の方が凄かった。玲奈に言われたことがよほど悔しかったのか、彼女は語学力を生かしてフランスに渡り、なんと俳優をしている。

アジア系のエキゾチックな美人と評判もいいらしい。確かに、あれだけ強気な彼女ならば、芸能の世界が合っていたのかもしれない。

コテージを出て島の中央にあるメイン棟に行くと、スパのスタッフが笑顔で迎え入れてくれた。

今日は世界の三大伝統医学の一つと言われる『アーユルヴェーダ』を取り入れたメニューを予約している。

インドに近いモルディブで本格的な施術を受けるのは初めてなので、楽しみで仕方がない。

といっても、本物となると講義も含むので時間がかかるから、今日はオイルトリートメントを中心に頼んでいた。

「では、こちらに横になってください」

通常のマッサージと違い、目を閉じて温かいオイルを額に受ける。ここでしばらく瞑想《めいそう》してください と言われて、玲奈はこれまでのことを振り返っていた。

妊娠期間中、哲司の過保護が頂点を極めていたこと。陣痛が夜中に来て慌てて病院へ連れていってもらったこと。初産だったから時間がかかったけれど、無事に総司を産むことができたこと。

赤ちゃんの総司を抱いた時、それまでの痛みも全て吹き飛んでしまうほど可愛いくて、愛しさが込み上げてきた。

何よりも、哲司にそっくりな目元をしているのが嬉しかった。

そうして思い返しているうちに、玲奈は眠気を覚えてうとうとしてしまう。

昨夜は総司が別の部屋でぐっすりと寝ていたから、哲司がなかなか寝かせてくれなかった。身体中に彼から愛された痕が残っていることに気がつくことなく、玲奈は目を閉じた。

結局、気持ちよく身体を解された玲奈がコテージに戻ると、哲司はお昼寝中の総司の側に座って目を閉じている。

「あれ、二人とも寝ているのかな？」

「あ……玲奈。戻ってきた？」

哲司は目を開くと、玲奈に「おいで」と言って手を広げた。広いソファーに座っている彼の足の間に座ると、後ろから抱きしめられる。

「うん。スパはとっても気持ちよかったよ」

「いい匂いがする」

スンと玲奈の髪に鼻をつけ、哲司は玲奈の腹に巻いた腕をさらにぎゅっと絞った。

「でも、痕をつけるのはダメだよ……気がついた時は恥ずかしかった。スタッフの人に、素肌を見られちゃったんだから」

全身をオイルで揉むために、玲奈は肌を晒《さら》していた。

最後にシャワー室に入って身体を流していた時に、鏡に映った自分の肌に残る印に思わず悲鳴を上げてしまったくらいだ。

「スタッフだって慣れているよ。ここは新婚旅行客ばっかりだからさ」

「……そうかもしれないけど」

口をすぼめて答えるけれど、言われてみればそうかもしれない。モルディブに来る観光客の殆《ほとん》どが、ゆったりとしたリゾートを楽しむために来ている。

「総司はどうだった？」

「あぁ、嬉しそうにしていたよ。砂浜で絵をいっぱい描いていた。ママに見せるんだって言っていたけど、もう波が来て消えただろうな」

「そっか、残念だなぁ」

「明日、また一緒に遊べばいいよ。時間はたっぷりあるんだから」

穏やかな時間が流れていく。玲奈も目を閉じると、ゆっくりと幸せを噛みしめた。

総司は早めに寝てしまったので、二人で遅めの夕食をオーダーする。海に面したコテージには、波の音が常に響いていた。

「玲奈、誕生日おめでとう」

二人の好きな銘柄のシャンパンが注がれたフルートグラスを持った哲司が、祝いの言葉を玲奈に伝えた。すると、玲奈はキョトンとしてしまう。

「あれ、哲司さん。私の誕生日は明日だよ」

「うん、だけど日本はもう日付が変わって明日になっているよ」

「あ、そっか！　時差があるからね」

玲奈はシャンパンを一口飲むと、グラスをテーブルに置いた。

「そっかぁ、私もとうとう三十代になっちゃった」

「早い？　それとも長かった？」

「うーん、二十代は駆け抜けた感じがするからなぁ。早かったね」

「後悔がなければ、何よりだよ」

グラスを合わせるとカツンと軽快な音が響く。

モルディブの料理はレモンの添えられたロブスターなど魚介類が多く、テーブルの上にところ狭しと並んでいた。心地よい海風を受けながらシーサイドのテラスで食べる、スパイスの効いたココナッツカレーも美味しい。

普段は総司を食べさせることに一生懸命で、食事をゆっくり味わうことができない玲奈も、今日は目にも鮮やかで食欲をそそる料理とお酒を楽しむ余裕があった。

「ね、このツナも美味しいよ」

「うん、確かに。でも玲奈みたいにちょっぴり辛いけどね」

「ん？　何か言った？」

「ははっ、なんでもないよ。可愛い奥さん」

インドやスリランカが近いからか、スパイシーな料理が多い。ココナッツと唐辛子を合わせた料理など、辛さの中に甘味があり独特な味わいになる。

玲奈は何か記事に書けないかと料理を観察し始めたところで、哲司の甘ったるい視線を感じて顔を上げた。

「ねぇ、今日はもうサプライズの花火はないの？」

冗談交じりに話すと、哲司はちょっと意地悪そうに笑う。

「今夜は夜空の星を君にプレゼントするよ」

「もう、そんなこと言って」

ここは波の音しか聞こえてこない。満天の星はいまにも降ってきそうなほど輝いている。

玲奈の薬指には哲司とお揃いの結婚指輪が光っていて、首元には同じデザインのイエローダイヤモンドのネックレスをつけている。

全て、玲奈のためにデザインからオーダーしたジュエリーだ。

「ありがとう、哲司さん。あなたのおかげで、私も書く仕事が増えて、総司もいて……」

「うん、幸せだね」

哲司が目を細めている。これまでも、この優しい目に守られてきた。

「僕の方こそ、玲奈がいるおかげで人生が何倍も幸せになっているよ」

グラスをカチンと合わせると、哲司は熱っぽい目をして玲奈を見つめた。

「玲奈……今夜はそのネックレスだけをつけた身体を見せて」

玲奈はグラスに残っていたシャンパンを喉に流し込むと、哲司を見上げてクスリと微笑んだ。

「だったら今夜は私にリードさせて？」

「全く君は……本当に大胆すぎるよ」

少し大きな波が打ち寄せてくる。けれどキスを始めた二人には、もうお互いの鼓動しか聞こえてこない。二人は幸せを味わうかのように、お互いの熱を分かち合った。

濃蜜ラブファンタジー

ノーチェブックス

Noche BOOKS

麗しの騎士がケダモノに豹変!?

王太子殿下の真実の愛のお相手は、私の好きな幼馴染の獣人騎士でした!?

季邑えり

イラスト：獅童ありす

幼馴染の獣人、ジャスティンを想い続ける伯爵令嬢のアメリア。成長してからは会えず、悩んでいたある日、夜会で王太子が婚約破棄を宣言し、「自分の真実の愛の相手はジャスティンだ」と言い出した! 実はそれは芝居でありジャスティンもアメリアを想い続けていたのだが、アメリアはそんなことを知らず彼とすれ違い続けてしまい……

詳しくは公式サイトにてご確認ください
https://noche.alphapolis.co.jp/

携帯サイトはこちらから!▶

〜大人のための恋愛小説レーベル〜

ETERNITY
エタニティブックス

勘違いから始まる魅惑の濃密恋！

魅惑の社長に誘淫されて陥落させられました

エタニティブックス・赤

有允《ゆういん》ひろみ

装丁イラスト／藤浪まり

二十九歳の誕生日直前、七年付き合った同棲中の彼氏から突然別れを告げられた奈緒《なお》。ショックで落ち込む彼女に、友人が誕生日プレゼントにとびきりゴージャスなレンタル彼氏を手配してくれる。極上のイケメンと過ごす熱く濃密な一夜に慰められた奈緒だったが、後日思わぬ形で再会した彼に関係の継続を提案されて……!?

勘違いから始まる、魅惑のロマンチック・ストーリー！

※エタニティブックスは大人の女性のための恋愛小説レーベルです。ロゴマークの色で性描写の有無を判断することができます（赤・一定以上の性描写あり、ロゼ・性描写あり、白・性描写なし）。

詳しくは公式サイトにてご確認ください。
https://eternity.alphapolis.co.jp/

携帯サイトはこちらから！

ETERNITY Rouge
極上御曹司と
甘い一夜を
過ごしたら、
可愛い王子ごと
溺愛されています
羽村美海
一生かけて幸せにする

～大人のための恋愛小説レーベル～

エタニティブックス ETERNITY

問答無用の極甘♥下克上ラブ！

隠れ御曹司の手加減なしの独占溺愛

エタニティブックス・赤

冬野《とうの》まゆ

装丁イラスト／アヒル森下

老舗ホテルのブライダル部門で、チーフとして働く二十七歳の香奈《かな》恵《え》。ある日、仕事でピンチに陥った彼女は、一日だけ恋人のフリをするという条件で、有能な年上の部下・雅之《まさゆき》に助けてもらう。ところが一日だけのはずが、気付けば完全に外堀を埋められ結婚前提の恋人になっていて……。恋に不慣れな不器用OLと、本性を露わにしたハイスペック御曹司の問答無用な下克上ラブ！

※エタニティブックスは大人の女性のための恋愛小説レーベルです。ロゴマークの色で性描写の有無を判断することができます（赤・一定以上の性描写あり、ロゼ・性描写あり、白・性描写なし）。

詳しくは公式サイトにてご確認ください。
https://eternity.alphapolis.co.jp/

携帯サイトはこちらから！

ISBN 978-4-434-32477-2

この作品に対する皆様のご意見・ご感想をお待ちしております。

おハガキ・お手紙は以下の宛先にお送りください。

【宛先】

〒150-6008 東京都渋谷区恵比寿 4-20-3 恵比寿ガーデンプレイスタワー 8F
（株）アルファポリス　書籍感想係

メールフォームでのご意見・ご感想は右のＱＲコードから、
あるいは以下のワードで検索をかけてください。

アルファポリス　書籍の感想　検索

ご感想はこちらから

本書は、Web サイト「アルファポリス」（https://www.alphapolis.co.jp/）に掲載されていたものを、改題、改稿、加筆のうえ、書籍化したものです。

極上《ごくじょう》の一夜《いちや》から始《はじ》まるCEO《シーイーオー》の執着愛《しゅうちゃくあい》からは、逃《に》げきれない

季邑えり（きむら えり）

2023年 8月 31日初版発行

編集－反田理美・森 順子
編集長－倉持真理
発行者－梶本雄介
発行所－株式会社アルファポリス
〒150-6008 東京都渋谷区恵比寿4-20-3 恵比寿ガーデンプレイスタワー8F
TEL 03-6277-1601（営業） 03-6277-1602（編集）
URL https://www.alphapolis.co.jp/
発売元－株式会社星雲社（共同出版社・流通責任出版社）
〒112-0005 東京都文京区水道1-3-30
TEL 03-3868-3275
装丁イラスト－spike
装丁デザイン－AFTERGLOW
（レーベルフォーマットデザイン―ansyyqdesign）
印刷－図書印刷株式会社

価格はカバーに表示されてあります。

落丁乱丁の場合はアルファポリスまでご連絡ください。

送料は小社負担でお取り替えします。


ISBN978-4-434-32472-7 C0093